顧校叢刊

古文苑

海峡出版發行集團
THE STRAITS PUBLISHING & DISTRIBUTING GROUP
福建人民出版社

據上海圖書館藏清嘉慶間蘭陵孫氏刻本影印原書版框高二十點四厘米寬十五點七厘米

顧校叢刊出版説明

古書流傳過程中，不免魯魚亥豕，經過校勘才更便閲讀。校勘也稱校讎，原本意在補缺脱、正訛謬，但因校勘者的水平、見解有高下之分，容易出現「本初無誤，校乃致誤」的情況，尤以明代後期所刻書改竄最甚，以至於後人有「明人刻書而書亡」的概歎。清人一改前代刻書之弊，在校勘學上取得很大成就，出現一些專事古書校勘的學者，其中常被稱舉的，就有顧廣圻。

顧廣圻（一七六六—一八三五），字千里，號澗蘋，後以字行。元和（今蘇州）人。諸生。曾問學於惠棟弟子江聲，又與段玉裁、錢大昕、黄丕烈等相往來，專精校勘，爲當世所推重。其時江南地區學者、大吏覆刻古書，多延請顧千里主持，如爲孫星衍刻説文解字、古文苑、唐律疏議，爲黄丕烈刻國語、戰國策、焦氏易林，爲張敦仁刻禮記、儀禮，爲胡克家刻資治通鑑、文選，爲秦恩復刻法言、鹽鐵論、駱賓王文集，爲吴鼒刻晏子春秋、韓非子，爲汪士鐘刻儀禮疏等。

顧氏取北齊書所載邢劭「日思誤書，更是一適」之語，以「思適齋」名其居處。在校刻古書時，踐行「以不校校之」的校勘方法，即「毋改易其本來，不校之謂也；能知其是非得失之所以然，校之之謂也」（禮記考異跋）。校刻之書，多據宋、元舊本覆刻，如禮記據宋撫州公使庫刻本，國語據天聖明道本，戰國策據剡川姚氏本，文選據南宋尤袤刻本。舊本中的訛誤，並不輕加改易，而是將校定是非的考據，别爲「札記」「考異」「考證」，附刻於原書之後，力求「舉例也簡，持論也平，斷決也精，引類也富」，「有發疑正讀之功，無繭絲牛毛之苦，去鑿空騰説之損，收實事求是之益」。如此既能保存舊本面貌，又能提出校勘見解，執一編而可得衆本之長，允稱古籍整理的範例，至今仍有借鑒意義。

顧氏一生勤於校勘，每得到更佳的版本，往往據以剜版重印，因而存在後印本版面雖不如初印本清朗，但校勘卻更精審的情況。如嘉慶十一年爲張敦仁覆刻宋撫州本禮記，底本係從兄顧之逵「小讀書堆」所藏，所附釋文因一時未能尋獲而暫用通志堂本。直到十四年後，才據宋本禮記釋文校勘一過，並將覆刻本誤處予以剜改。我們影印時，禮記正文部分用上海圖書館藏初印本，釋文則用天津圖書館、南京圖書館藏嘉慶二十五年後印本。以期能反映顧氏校勘古書的成就，更彰顯其孜孜不倦的精神。

顧氏主持校刻之書多由名手許翰屏等寫樣，再委託江寧等地刻工刊刻，以校勘審慎、槧刻精工、紙墨優良的特點，在清代中後期廣泛流行，且有較多的翻刻本。常見者如同治間湖北崇文書局刻通鑑、國語、戰國策、文選，光緒間清江楊氏飛青閣刻古文苑，清末吳縣朱氏槐廬刻説文解字等，皆據顧氏校刻本翻雕。晚清民國間上海蜚英館、古書流通處等，又曾以石印技術影印過數種顧氏校刻本，如國語、韓非子、鹽鐵論等，均流布較廣。顧氏校刻本中也有部分品種素稱罕傳，如嘉慶十一年爲張敦仁校刻儀禮注疏，即使繆荃孫、沈曾桐等「久官京朝，遍歷南北，於經籍傳本收覽致多」的著名藏書家也從未見過（見復旦大學圖書館藏本莫棠跋），因而民國初年南潯劉氏嘉業堂曾據原本翻刻。

顧氏校刻的古書，涉及四部要籍，不僅爲從事文史工作所需，也是一般讀者研習古典所必備。近代影印古書的事業興起以來，多著意於宋元舊槧，清人精校精刻善本的影印尚未形成規模，其中屬顧氏校刻者更爲少見。有鑒於此，我們彙集顧氏校刻之書數十種，分若干輯，陸續印行。各種之前，均請專家撰寫影印前言，述其內容大略、版本源流、刊刻經過、文獻意義等，以方便讀者。

編者　二〇一九年十月

古文苑影印前言

傅剛

古文苑一書，最早見於宋人著録，如南宋尤袤遂初堂書目、陳振孫直齋書録解題等。遂初堂書目未著卷數，或當時尚未釐定卷次。直齋書録解題總集類：「古文苑九卷，不知何人集。皆漢以來遺文，史傳及文選所無者。世傳孫洙巨源於佛寺經龕中得之，唐人所藏也。韓無咎類次爲九卷，刻之婺州。」據此可知陳振孫所得爲韓元吉（字無咎）婺州刻九卷本，其來源早已不詳。因書中所録「皆漢以來遺文」，不見於史傳及文選諸書，故前人有古文苑之編是補文選所遺的説法。陳振孫所言，源出韓元吉古文苑記。記中稱「好事者目爲古文苑」，或即韓氏自謂。總之，以世傳孫洙所得之文編爲九卷，並定名爲古文苑，可能都是韓元吉所爲。〔一〕韓元吉編定古文苑的時間是南宋淳熙六年，並於婺州刊刻，今中國國家圖書館藏有此本。

韓元吉編定九卷本之後，閩人章樵知吴縣，爲古文苑作注，於紹定五年完成。[二]章樵有感於此書「句讀聱牙，字畫奇古，未有音釋，加以傳録舛訛，讀者病之」，故「玩味參訂，或裒斷簡以足其文，或較別集以證其誤，推原文意，研覈事實，爲之訓注」（古文苑序），又將原書九卷釐分為二十一卷。紹定五年，章樵通判常州，欲於任内刊刻，恰值端平元年十一月監登聞鼓院而未果，遂將此稿留於後任（宋端平本古文苑附江師心跋）。端平三年，程士龍於常州刊刻章注二十一卷本。淳祐六年，通判常州軍州事盛如杞又據程本重刻，即今中國國家圖書館所藏宋端平本（端平本古文苑附盛如杞跋）。二十一卷本因有章樵注，遂大行於世。明代張世用據章樵注本重刻於建陽，其後明人頗多翻刻，故世人多知二十一卷本而不甚知九卷本。

九卷本在明清時流傳頗爲稀少，顧廣圻重刊宋九卷本古文苑序云：「自前明以來，章本遍行而韓本殆絶。」嘉慶二年，顧廣圻於從兄顧之逵家得陸貽典影宋本。嘉慶十四年，孫星衍屬顧廣圻據以校勘，並請當時名手劉文楷、劉文模兄弟刊刻。此本行格一遵南宋婺州刻九卷本，然於明顯訛謬，則亦加以校正。如卷首「目録」，卷四婺本「沈率約」，孫本作「沈右率約」；「虞駕部」，孫本作「虞駕部炎」；「謝文學」，孫本作「謝文學眺」；「王中書」，孫本作「王中書融」；「蕭記室」，孫本作「蕭記室琛」；「劉中書」，孫本作「劉中書繪」；「別王丞僧」，孫本作「別王丞僧孺」；「賦物爲詠得幔」「謝文學」，孫本作「賦物爲詠得幔」「謝文學眺」；「琵琶」「王中書」，孫本作「琵琶」「王中書融」；「沈右軍」，孫本作「沈右率約」；「和王中書劉中書」，孫本作「和王中書」「劉中書繪」。卷八婺本「青髯奴辭」，孫本作「責髯奴辭」。[三]皆以顧廣圻所校爲是。可見韓元吉本所據底本，應是一種長期流傳的鈔本，而這些明顯的訛奪，皆是流傳過程中遞相傳鈔所致。

由上所言可見，古文苑現存的兩種版本系統，九卷本明顯早於二十一卷本。因九卷本也經宋人重新編輯，且在韓元吉之前古文苑當未分卷，如此說來，九卷本較之原本也應有所改變。但據韓元吉古文苑記稱，原書「訛舛謬缺者，多不敢是正而補之，蓋傳疑也」，可知韓元吉在婺州刊刻時，僅釐分卷次，對原本所收作品等並未改動。章樵注二十一卷本則與之不同，改變了原本面貌，因而顧廣圻重刊宋九卷本古文苑序稱其「移易篇第，增竄文句，夐非舊觀」。今觀章樵注本對九卷本多所改易，如開篇之石鼓文、詛楚文、秦二世嶧山刻石文，分别改題周宣王石鼓文、秦惠文王詛楚文、秦始皇嶧山刻石文。加之音釋訓注，「或裒斷簡以足其文，或較别集以證其誤」，增爲二十卷，「復取漢晉間文史册之所遺，以補其數」，蒐輯賈誼等人賦、頌十七篇爲一卷，附於書末，定爲二十一卷，已與原貌相差甚遠。此外，章樵更於卷中增入賦、詩、文數十篇，自然不如九卷本可靠。

當然，就蒐輯和研讀而言，章樵注本或許更方便學者。此本所載文體共二十一類，古金石碑刻如石鼓文、詛楚文爲一類，其他如賦、詩、歌、曲、敕、狀、書、頌、銘、箴、碑、誄等，雖或見載類書，但大多不爲史傳、總集所收，其辭古奥，其義精深，不加注解，確難究識。江師心跋稱「由唐迄今，垂數百載，觀者罕究其極」，確屬事實。吴淵注古文苑後序稱章樵「會萃音釋，覈别章句，發千古之奥賾，訂衆人之訛謬。其援據精切，闡敘敷鬯，凡山經、水志、稗官、冢竹、籀書、譜，靡不搜羅攟摭，成一家言」，基本符合事實。如石鼓文援據薛尚功、鄭樵、施宿及王順伯各家考釋成果，詳考其來歷。對石鼓文字，先校後解，雖從前人之説以爲周宣王時作，受到後來學者的否定，但清人多倡作於秦人，亦恐未必是定論。又如卷八所收王粲雜詩四首，章樵注云：「粲集雜詩五首，皆托物寓情，得詩人比興遺意。其一詩已入選。」文選所録王粲雜詩「日暮遊西園」一首，李善、五臣皆未注出於王粲集，據章樵注始知王粲集收録雜詩共五首，其後明人所編古詩紀、漢魏六朝百三家集皆以文選所録一首單列，另四首别爲一組，皆是未見王粲集所致。章樵選與注，有助於認識王粲集的原貌，其價值自然值得肯定。

古文苑是否如宋人所説爲唐人所編呢？對此，前人往往有疑問，如明人都穆據古文苑所收詛楚文而生疑。[四]顧廣圻於與孫淵如觀察論九卷本古文苑書中説：「世傳爲唐人所録，未見其然。」主要是就書中所録石鼓文、詛楚文、樊常侍碑而論，因爲碑刻之存世及發現，往往以時代不同而呈現不同文字特徵。如石鼓文，顧廣圻説：「石鼓之一是皇祐四年向傳師求得者，施武子言『每行自四字而上，傳師磨去，刻當時得之之由』云云。而此書所録，亦但有下四字耳。然則必在向傳師磨去後，非唐人一也。」又如詛楚文，顧氏謂王應麟稱此文原有三石，其一爲告巫咸文，得之於鳳翔。歐陽修集古録亦著録，謂秦祠巫咸神文，流俗謂之詛楚文。但古文苑所録即題爲詛楚文，可見是在得告巫咸文之後。這些證據的確可説明古文苑一書並非如宋人所稱出唐人之手。至於確切的年代，還在討論之中，可參考王曉鵑古文苑論稿一書。

古文苑雖非出自唐人之手，但書中收入文選所不録的作品，自先秦的石鼓文、詛楚文，至南朝齊梁間的金石碑刻、賦、詩、文等二十一體，凡二百六十多首，在文選之外保存先唐文獻，[五] 其功不可没。前人謂其文多出自類書，似乎並非如此，如劉歆遂初賦，藝文類聚卷二十七載録，但多有删節，不如古文苑保存得完整。集先唐遺文，彙爲一編，對研習秦漢魏晉南北朝文學、文獻，自然極爲重要。其中也有些作品考辨不精，作者、時代偶見錯誤，如四庫全書總目所説：「文木賦出西京雜記，乃吴均所爲，見段成式酉陽雜俎，亦不能辨别，則編録未爲精核。」但大多數作品還是有文獻依據的。[六]

作爲時代較早的文獻，古文苑可以校正後世文獻的訛誤，如明人楊慎丹鉛續録卷十「長河既已縈」條云：「古文苑王融遊仙詩『長河既已縈，曾山方可礪』，『縈』，今本誤作『榮』，解者遂謬云『榮如草木』之榮華，猶言海變桑田，可笑。不思『縈縈』，帶也，帶河礪山，眼前事何必遠引？」則知「縈」字在明時已誤，後馮惟訥詩紀即引楊慎語爲證，改爲「縈」字。今人逯欽立輯先秦漢魏晉南北朝詩，亦據楊慎及古詩紀校改。

總之，此次影印的顧校九卷本，既反映韓元吉刻宋本的原貌，又對顯而易見的訛誤進行校改，其影印問世，對學術界來説是一大福音。

注　釋

［一］　或以爲鄭樵通志所録之古文苑爲最早著録者，但鄭樵所録爲十卷，此爲九卷，又據韓元吉古文苑記，韓氏應爲最早類次分卷者，因而通志所録是否即此本，不能確定。

［二］　吴淵紹定五年所作注古文苑後序稱，章樵古文苑注爲吴縣三年所述，是章樵知吴縣時即開始注古文苑。

［三］　婺本以「劉中書」爲題，劉繪實爲此文作者，顧廣圻校改爲是。

［四］　參金薤琳瑯卷二，此據王曉鵑古文苑論稿所引。

［五］　古文苑偶有與文選重者，如卷四范雲學古貽王中書詩。

［六］　觀清人錢熙祚據二十一卷本所撰校勘記，一一注明各文出處，可見其詳情。

目次

第三卷

賦

第四卷

詩

齊梁詩四十五篇

歌

述

贊

銘

第七卷

箴

第八卷

雜文

叙

記

碑

第九卷

碑

誄

古文苑

九卷

宋淳熙本重刊

蘭陵孫氏

重刊宋九卷本古文苑序

孫巨源古文苑次爲九卷淳熙閒韓元吉記其末云訛舛謬缺者多不敢是正而補之蓋傳疑也可謂慎矣後此有章樵者爲之注改分廿一卷移易篇第增竄文句亶非舊觀不僅詩紀匡謬譏其於柏梁詩妄署姓名困學紀聞論其不解曹操夫人與楊彪夫人書房子官綿及鈞賦元淵等之爲違失也然自前明以來章本遍行而韓本殆絕丁巳春予得陸貽典影宋九卷全袟於家抱沖兄於是庚申之冬仁和孫君邦治重刊之旋遭何人攫去資費工乃弗就迨今茲

淵如觀察以續刊見屬爰始竣事將遂印行豈所謂書之顯晦自有其時者耶且此本之訛舛謬鈌有可考知者如楊雄蜀都賦尔乃其俗迎春送下脫冬字文選三都賦李善注引有之誚青衣賦悉請諸靈僻邪無主僻當作辟 無當作富藝文類聚卅五引不誤孔北海離合作郡姓名字詩海外有截隼逝鷹揚截當作⿰隹乚隸體截作⿰隹乚洪釋度尚碑正 如此上林苑令箴昔在帝羿共田徑游共當作失徑當作淫即離騷之羿淫游以佚田兮也 凡若斯類灼然無疑其餘與羣籍出入足資證明者尚難勝枚數夫既通其所不

通而不強通其所不可通是在善讀書者固非章注
望文生解所能見及抑與韓記之云初無異致也唯
觀察博學精思爲識此意因兼屬撰序故舉而著之
嘉慶十四年歲在己巳十月元和顧廣圻

附書一通

淵如先生閣下承諭以古文苑多從類書中采出洵精確不易之論也曾考此書世傳爲唐人所録未見其然何以言之石鼓之一是皇祐四年向傳師求得者施武子言每行自四字而上傳師磨去刻當時得之之由云云而此書所録亦但有下四字耳然則必在向傳師磨去後非唐人一也王厚之言詛楚文有三皆出於近世初得告巫咸文於鳳翔云云集古録云右秦祠巫咸神文流俗謂之詛楚文而此書所録告巫咸者正謂之詛楚文矣然則必在得告巫咸文

後非唐人二也集古錄漢樊常侍碑跋云右漢樊常侍碑云君諱安字子佑南陽湖陽人也此碑蓋初不見錄於世云云洪文惠言字子仲以歐公云佑者爲誤而此書所錄亦云君諱安字子佑然則必在集古錄後非唐人三也由是推之此書乃宋人所錄其時隋以前集罕存凡不全各篇采諸唐人類書固其宜矣至於九卷本脫誤不少却非章樵廿一卷本所能補正廣圻於校刊時曾取宋板章本細閱知樵實未得此書要領就中最是者莫過於據唐人類書各條而已然其遺漏則如琴賦藝文類聚四十四引首多

爾乃言求茂木至琴瑟是宜十二句及楚妃遺歎雞
鳴高桑二句司徒箴藝文類聚四十七引多恪恭爾
職以勤王機二句之類皆未補又如函谷關賦壺口
石陘貫越代朔初學記七引陘字代字不誤柳賦豈
駕遲而不屢初學記廿引遲字不誤僮約裁盂鑿斗
斗字韵藝文類聚卅五引不誤責髯奴辭則論說虞
唐唐字韵初學記十九引不誤之類皆未正他如蔡
邕述行賦載中郎集全篇并序千有餘言經龕所錄
出自藝文類聚祗存數語樵不能甄取而退此賦於
其廿一卷內抑何疏也至其中謬盭則如初學記中

王粲浮淮賦經龕所錄也藝文類聚八別引於是迅風興濤波動長瀨潭濆滂沛汹溶樵乃割裂此十四字散置初學記文句之閒士不遇賦將遠遊而終終下所脫是古字終古離騷文也樵乃補以慕字而曲爲之解魏衛（此字今補）敬侯碑陰文形垣而背阜垣者坦之譌樵不悟而亦曲爲之解大理箴九州允理經龕本無誤初學記十二正同樵誤州爲刑乃引左傳解之不思周有亂政而作九刑豈皐陶翊唐作士時事且樵旣以己意增竄多篇大非經龕之舊然羽獵賦原載二首一張衡一王粲俱采自類書樵編王粲賦

於其第七卷將張衡一賦全行脫去藉非九卷本復
出幾莫知其原有矣凡如此者皆已一一條記又益
以羣書出入如石鼓文之於諸家音釋楊雄荅劉歆
書之於方言賦詩頌銘之引於選注狀記碑之載於
隸釋足資證明者累累在樵注外特是絕不可通之
處仍復不少故未敢輒謂成書而附卷後竊意宋人
録時便屬如此脫誤今更後彼數百年古書日少恐
竟不能校之使通體文從字順若枚乘梁王兔園楊
雄蜀都王延壽王孫班固車騎將軍竇北征等篇其
尤弗能無闕疑者也未審大雅以鄙見爲何如謹陳

梗概用俟教正其昨撰拙序所已論及之各條茲一不
重述幸弁垂察廣圻再拜

江寧劉文楷模鎸

古文苑目録

第二卷

賦

第三卷

賦

三

栖玄寺聽講畢遊郊園

別蕭諮議　任殿中昉

王延　宗記室史

蕭諮議衍

蕭記室琛前夜以醉乖例今晝由醒敬

應教

別蕭諮議又一首

和王友古意二首

餞謝文學離夜

沈右率約　虞駕部炎

范通直雲　謝文學朓
王中書融　蕭記室琛
寒晚敬和何徵君點　劉中書繪
別王丞僧孺
學古貽王中書　范通直雲
雜體報范通直
賦物爲詠得幔　謝文學朓
琵琶　王中書融
篪　沈右率約
奉和月下　奉和秋夜長

歌

第七卷

箴

豫州牧箴　益州牧箴
雍州牧箴　幽州牧箴
并州牧箴　交州牧箴
光禄勳箴　衛尉箴
太僕箴　廷尉箴
大鴻臚箴　宗正箴
大司農箴　少府箴
執金吾箴
將作大匠箴　崔駰
太常箴　太尉箴

河南尹箴

尚書箴　崔瑗

博士箴　東觀箴

關都尉箴　河隄謁者箴

郡太守箴　北軍中候箴

侍中箴　司隸校尉箴

城門校尉箴　楊雄

上林苑令箴　司空箴

司徒箴　大理箴

尚書箴　諫大夫箴

第八卷

第九卷

誄

古文苑卷第一

文

石鼓文

避車既工避馬既同避車既好避馬既駘君子員員邋邋員斿麀鹿速速君子之求𢍰弓茲吕寺避毆其孫其來趩趩𧽊𧽊即避即時麀鹿趍趍毆其樸來射其來亯既避其𩕮蜀

汧殹沔沔丞丞𣲝淖淵鰋鯉處之君子漁之𤃨𤃨又鯊其斿𢿘𢿘帛魚皪皪其蘯氏鮮黄帛其鰟又鮊又鱄其豆孔庶𦊎之𩣡𩣡丑若切相如大人賦迋

汧趰趰其魚隹可隹鱮隹鯉可㠯櫜音瓢之隹楊

及栁

田車既安鋚勒馬衆既簡左驂旛旛右驂騝騝

避吕隮于原避我陣止世阬宮車其寫秀弓時

射麋豕孔庶麀鹿雉兎其又旃其趚逌大出各

亞昊執而勿射庶⿺走樂⿺走樂君子迺樂

鑾車𠷎敕真弓孔碩彤矢馬其寫六轡鶩鶩迣

駸孔庶𨛭宣搏搏旨車載衍徒如章原溼陰射

之鉄迂陽趕六馬如虎獸麀如多賢迪禽避兔

允異

萋萋霝雨淋迄湧盈渫濟君子即涉馬淋汧殹
洎洎淒淒舫舟西逯自鄘徒騪湯湯隹舟㠯道
或陰或陽极深㠯戶于水一方勿止其奔其敔其叓
猷乍邍乍衛遄我𤔲除師彶阪莽爲世里徽僟
逌囿𪉈柞棫其椴格甫甫鳴亞箬其𦥑所斿𤕦
籃衛旨對合孫
而師弓矢孔庶左驂滔滔是戴不具奪後具肝
來其寫矢具來樂天子來嗣王始古我來
彶走驕驕馬薦弃晳若微雉立其一之
避水衛既平既止喜樹𠜱里天子永寍日維丙

申避其衛用馬既救肅肅駕左驂驁驁駃駃扯

女不𩙪霧公謂天余及如周不余及

吳人憐亟朝夕敬載西載北勿奄勿伏㞢而出

獻用大祝亯執窋逢疌孔圞鹿麀麌麌避其鹿

麀䮲䮲天求又是

詛楚文

有秦嗣王敢用吉玉宣璧使其宗祝邵鼛布忠

篆文似作憼字又作憖字告于不顯大神巫咸以底楚王熊

相之多辠昔我先君穆公及楚成王是繆力同

心兩邦若壹絆以昏姻袗以齊盟曰葉萬子孫

毋相爲不利親即不顯大神巫咸而質焉今楚
王熊相庸囬無道淫邪甚亂宣侈競從變渝石作輸
盟刺內之則暴虐不姑刑戮孕婦幽刺親戚拘
圉其叔父寘諸冥室櫝棺之中外之則冒改人
篆文似作以字心不畏皇天上帝及不顯大神巫咸之
光列威神而兼倍十八世之詛盟率諸侯之兵
以臨加我欲剗伐我社稷伐滅我百姓求蔑灋
皇天上帝及不顯大神巫咸之卹祠圭玉羲牲
遂取吾邊城新郢及鄔長親吾不敢曰可今又
悉興其衆張矜意怒飾甲底兵奮士盛篆文無此盛字

師以偪吾邊境將欲復其旣迹唯是秦邦之羸
衆敝賦鞷輸棧輿禮使介老將之以自救也亦
應受皇天上帝及不顯大神巫咸之篆文無之字幾
靈德賜克剹楚師且復略我邊城敢數楚王熊
相之倍盟犯詛著諸石章以盟大神之威神

秦二世嶧山刻石文

皇帝立國維初在昔嗣世稱王討伐亂逆威動
四極武義直方戎臣奉詔經時不久滅六暴强
二十有六年上薦高號孝道顯明旣獻泰成乃
降專惠親巡遠方登于嶧山群臣從者咸思攸

長追念亂世分土建邦以開争理攻戰日作流血於野自泰古始世無萬數阤及五帝莫能禁止迺今皇帝壹家天下兵不復起災害滅除黔首康定利澤長久群臣誦略刻此樂石以著經紀皇帝曰金石刻盡始皇帝所爲也今襲號而金石刻辭不稱始皇帝其於久遠也如後嗣爲之者不稱成功盛德丞相臣斯臣去疾御史大夫臣德昧死言臣請具刻詔書金石刻因明白矣臣冒死請制曰可

魏敬侯碑陰文　　聞人牟準

敬侯所葬之先域城惟解梁地即鄀首山對靈足谷當猗口勢高而趣幽形垣而背阜鑿室而可以蔽藏不墳而所冀速朽珎琦素白而靡尚衣服隨時而則有故吏述德於隧前門生紀言於碑後曰季居亭而已治詹嘉在主而可處高攄之厚地將秭億而永久所著述渥解故訓及文筆等甚多皆已失墜所注孝經固而倉頡冢碑大篆書在左馮翊利陽亭南道旁及華山下亭碑增筭狀䑣叔時碑魏大饗碑群臣上尊號奏及受禪石表文並在許繁昌尊號奏鍾元常

書受禪表覲並金針一作錯八分書也太祖文帝等臨詔令雜駁議上封事一百餘條誡子等散在門人及碑石可見樹碑人郡國縣道姓名具如于後

賦

笛賦　　　宋玉

余嘗觀於衡山之陽見奇篠異幹罕節間枝之叢生也其處磅磄千仞絕谿凌阜隆崛萬丈盤石雙起丹水涌其左醴泉流其右其陰則積雪凝霜霧露生焉其東則朱天皓日素朝明焉其

南則盛夏清微一作徹春陽榮焉其西則涼風遊旋吸逮存焉幹枝洞長桀出有良一作有工焉名高師曠將爲陽春其北則鄙白雪之曲假塗南國至此山望其叢生見其異形曰命陪乘取其雄焉宋意將送荆卿於易水之上得其雌焉於是乃使王爾公輸之徒合妙意角較手遂以爲笛於是天旋少陰白日西靡命嚴春使午子延長頸奮玉手摛朱脣曜皓齒頳顏臻玉貌起吟清商追流徵歌伐檀號孤一作瓠子發久轉舒積鬱其爲幽也甚乎懷永抱絶喪夫天亡稚子纖悲

微痛毒離肌腸腠理激叫入青雲慷慨切窮士
度曲羊腸揆殃振奔逸遊泆志列絃節武毅發
沈憂結呵鷹揚叱太一聲滛滛以黯黮氣旁合
而爭出歌壯士之必往悲猛勇乎飄疾麥秀漸
兮鳥聲革翼招伯奇於源（一作涼）陰追申子于晉
域夫奇曲雅樂所以禁滛也錦繡黼黻所以御
寒也縟則泰過是以檀卿刺鄭聲周人傷北里
也亂曰芳林皓幹有奇寶兮博人通明樂斯道
兮般衍瀾漫終不老兮雙枝閒麗貌甚好兮八
音和調成禀受兮善善不襃爲世保（一作寶）兮絕

鄭之遺離南楚兮美風洋洋而暢茂兮嘉樂悠長俟賢士兮鹿鳴萋萋思我友兮安心隱志可長久兮

大言賦　宋玉

楚襄王與唐勒景差宋玉遊於陽雲之臺王曰能爲寡人大言者上座王因唏曰操是太阿剥一作戮一世流血冲天車不可以厲至唐勒曰壯士憤一作頓兮絶天維北斗戾兮太山夷至景差曰校士猛毅皋陶嘻大笑至兮摧覆思一作罘罳鋸牙雲晞甚大吐舌萬里唾一世至宋玉曰方地爲

車圓天爲蓋長劍耿耿（一作耿介）倚天外（一作之外）王曰未也玉曰并吞四夷飲枯河海跋越九州無所容止身大四塞愁不可長據此跆天廹不得仰（得一作能）

小言賦　宋玉

楚襄王既登陽雲之臺令（一作命）諸大夫景差唐勒宋玉等並造（一作進）大言賦賦畢（一作卒）而宋玉受賞王曰此賦之迂（一無之字）誕則極巨偉矣抑未備也且一陰一陽道之所貴小往大來剝復之類也是故卑高相配而天地位三光並照則小

大備能大而不能小一無此句能高而不能下非兼通也能麄而不能細非妙工也然則上坐者未足明賞賢人有能爲小言賦者賜之雲夢之田景差曰載氛埃兮乘剽塵體輕蚊翼形微蚤鱗聿一作建遑一作星浮踊凌雲縱身經由鍼孔出入羅巾飄妙翩緜乍見乍泯唐勒曰析飛糠以爲輿剖粃糟一作糠又作粺以爲舟泛然投乎杯水中淡若巨海之洪流憑蚋眥以顧眄附蠛蠓而遨遊準寧隱微以原存亡而不憂又曰館於蠅鬚宴于毫端烹虱脛切蟣肝會九族而同嚌猶委餘

而不殫宋玉曰無内之中微物潛生比之無象言之無名蒙蒙一作夢滅景昧昧遺形超於大虚之域出於未兆之庭纖於毳末之微蔑陋於茸毛之方生視之則眇眇望之則冥冥離朱爲之歎悶神明不能察其情二子之言磊磊皆不小何如此之爲精王曰善賜以雲夢之田

諷賦

楚襄王時宋玉休歸唐勒讒之於王曰玉爲人身體容冶口多微詞出愛主人之女入事大王願王踈之玉休還王謂玉曰玉爲人身體容冶

口多微詞出愛主人之女入事寡人不亦薄乎玉曰臣身體容冶受之二親口多微詞聞之聖人臣甞出行僕飢馬疲正值主人門開主人翁出嫗又到市獨有主人女在女欲置臣堂上太高堂下太卑乃更於蘭房之室（一作芝室）止臣其中中有鳴琴焉臣援而鼓之爲幽蘭白雪之曲主人之女翳承日之華披翠雲之裘更被白縠之單衫垂珠步摇來排臣戶曰上客（一本上客字下有日高二字）無乃飢乎爲臣炊彫胡之飯烹（一作煮）露葵之羮來勸臣食以其翡翠之釵挂臣冠纓臣不忍仰

視爲臣歌曰歳將暮兮日已寒中心亂兮勿多
言臣復援琴而鼓之爲秋竹積雪之曲主人之
女又爲臣歌曰内怵惕兮一本作怵惕之心兮徂玉牀橫
自陳兮君之傍君不御兮妾誰怨日將至兮下
黃泉玉曰吾寧殺人之父孤人之子誠不忍愛
主人之女王曰止止寡人於此時亦何能已也

釣賦　宋玉

宋玉與登徒子偕受釣於玄洲止而並見於楚
襄王登徒子曰夫玄洲天下之善釣者也願王
觀焉王曰其善柰何登徒子對曰夫玄洲釣也

以三尋之竿八絲之線餌若蛆螾鈎如細鍼以出三赤之魚於數仞之水中豈可謂無術乎夫玄洲芳水餌挂繳鈎其意不可得退而牽行下觸清涅上則波颺玄洲因水勢而施之(一作枝)頡之頏之委縱收斂與魚沉浮及其解弛也因而獲之襄王曰善宋玉進曰今察玄洲之釣未可謂能持竿也又烏足爲大王言乎王曰子之所謂善釣者何玉曰臣所謂善釣者其竿非竹其綸非絲其鈎非鍼其餌非螾也王曰願遂聞之宋玉對曰昔堯舜湯禹之釣也以賢聖爲竿道

德爲綸仁義爲鉤祿利爲餌四海爲池萬民爲
魚釣道微矣非聖人其孰能察之王曰迅哉説
乎其釣不可見也宋玉對曰其釣易見王不察
爾昔殷湯以七十里周文以百里興利除害天
下歸之其餌可謂芳矣南面而掌天下歷載數
百到今不廢其綸可謂紉矣群生寖其澤民氓
畏其罰其鉤可謂拘（一作善）矣功成而不隳名立
而不改其竿可謂强矣若夫竿折綸絶餌墜鉤
决波涌魚失是則夏桀商紂不通夫釣術也今
察玄洲之釣也左挾魚罶右執槁竿立于潢汙

之涯倚乎楊栁之間精不離乎魚喙思不出乎鮒鯿形容枯槁神色憔悴樂不役勤獲不當費斯乃水濵之役夫也已君王又何稱焉王若建堯舜之洪竿攄禹湯之脩綸投之於瀆視之於海漫漫群生孰非吾有其爲大王之釣不亦樂乎

舞賦　宋玉

楚襄王既遊雲夢將置酒宴飲謂宋玉曰寡人欲觴群臣何以娛之玉曰臣聞激楚結風陽阿之舞材人之窮觀天下之至妙噫可進乎王曰

試爲寡人賦之玉曰唯唯尒乃鄭女出進二八徐侍姣服極麗姁媮致態貌嫽妙以妖冶紅顔曄其陽華眉連娟以增繞目流睇而橫波珠翠灼皪而照曜兮華袿飛髾而雜纖羅顧形影自整裝順微風揮若芳動朱唇紆清揚而抗音高歌爲樂之方其始興也若俯若仰若來若往雍容惆悵不可爲象羅衣從風長袖交橫駱驛飛散颯沓合并綽約閑靡機迅體輕合場遞進案次而俟埒簇用妙夸容乃理軼態橫出瑰姿譎起迴身還入迫于急節紆形赴遠漼折飛縠蜮

飛繽焱若絶遷延微笑退復次列觀者稱麗莫
不怡悅

旱雲賦　賈誼

惟昊天之大旱兮失精和之正理遥望白雲之
蓬勃兮滃澹澹而妄止運清濁之澒洞兮正重
沓而並起嵬隆崇以崔巍兮時彷彿而有似屈
卷輪而中天兮象虎驚與龍駭相搏據而俱興
兮妄倚儷而時有遂積聚而給沓兮相紛薄而
慷慨若飛翔之從横兮揚波怒而澎濞正（一作雲）
惟布而雷動兮相擊衝而破碎或窈窕而四塞

兮誠若雨而不墜陰陽分而不相得兮更惟貪
邪而狼戾終風解而霧散兮陵遲而堵潰或深
潛而閉藏兮爭離而並逝廓蕩蕩其若滌兮日
照照而無穢隆盛暑而無聊兮煎砂石而爛渭
湯風至而合（一作含）熱兮群生悶滿而愁憒畎畝
枯槁而失澤兮壤石相聚而爲害農夫垂拱而
無事兮釋其鉏耨而下淚憂疆（一作壤）畔之遇害
兮痛皇天之靡惠惜稚稼之旱夭兮離天災而
不遂懷怨心而不能已兮竊託咎於在位獨不
聞唐虞之積烈兮與三代之風氣時俗殊而不

還兮恐功久而壞敗何操行之不得兮政治失中而違節陰氣辟而留滯兮歘暴至而沈沒嗟乎惜葉大劇何辜于天無恩澤忍兮嗇夫何寡德矣既已生之不與福矣來何暴也去何躁也孳孳望之其（一作甚）可悼也憭兮慓兮以鬱怫兮念思白雲腸如結兮終怨不雨甚不仁兮布而不下甚不信兮白雲何怨柰何人兮

虡賦

賈誼

妙彫文以刻鏤兮象巨獸之屈奇兮戴高角之峩峩負大鍾而顧飛美哉爛兮亦天地之大式

士不遇賦

董仲舒

嗚呼嗟乎，遐哉邈矣，時來曷遲，去之速矣。屈意從人，非吾徒矣；正身俟時，將就木矣。悠悠偕時，豈能覺矣；心之憂歟，不期禄矣。皇皇匪寧，秪增辱矣；努力觕蕃，徒擢角矣。不出戸庭，庶無逼一作過矣。重曰：生不丁三代之盛隆兮，而丁三季之末俗。以辨詐而期通兮，貞士耿介而自束。雖曰三省於吾身兮，繇懷進退之惟谷。彼寔繁之有徒兮，指其白而爲黒。目信嫮而言眇兮，口信辨而言訥。鬼神之不能正人事之變戾兮，聖賢亦不能開愚夫之違惑出門之不可以階往兮藏器又蚩其不容退洗心而訥言兮亦未知其所從也觀上古之清濁（一作暉）兮廉士亦煢煢而靡歸皃有卞隨與務光兮周武王有伯夷與叔齊卞隨務光遁迹於深淵兮伯夷叔齊登山而采薇使彼聖人其繇周遑兮矧舉世而同迷若伍貟與屈原兮固亦無所復顧亦不能同彼數子兮將遠遊而終於吾儕之云遠兮疑（一作懼）荒塗而難踐憚君子之于行兮誠三日而不飯嗟天下之偕違兮悵無與之偕返孰若返身於素業

兮莫隨世而輪轉雖矯情而獲百利兮復不如正心而歸一善紛既迫而後動兮豈云稟性之惟褊貂同人而大有兮明謙光而務展遵幽昧於黙足兮豈舒采而蘄顯苟肝膽之可同兮奚鬚髮之足辨也

梁王菟園賦　枚乘

脩竹檀欒夾池水旋菟園並馳道臨廣衍長冗板故徑於崑崙狠觀(一作勸)相物芴焉子有似乎西山西山隑隑卹(一作郤)焉隗隗巷路崣嵡崟巖崿嵸巍𡽍焉暴熛激(一作熛徼)揚塵埃蛇龍奏林薄

竹遊風踴焉秋風揚焉滿庶庶焉紛紛紜紜騰
踴雲亂枝葉暈散摩來憣憣焉豁谷沙石涸波
沸日湲浸疾東流連焉轔轔陰發緒菲菲誾誾
讙擾昆雞蝭蛙倉庚密切别鳥相離哀鳴其中
若乃附巢蹇鷙之傳於列樹也欐欐若飛雪之
重弗麗也西望西山山鵲野鳩一作鷄白鷺鶻桐
鸕鶿鷂鵰翡翠鳴鴿守狗戴勝巢枝穴藏被塘
臨谷聲音相聞喙尾離屬翱翔群熙交頸接翼
闒而未至徐飛翋𦐇往來霞一作露水離散而没
合疾疾紛紛若塵埃之間白雲也予之幽冥究

之乎無端於是晚春早夏邯鄲襄國易陽之容麗人及其燕飾子相子雜遝而往款焉車馬接軫相屬方輪錯轂接服何驂披衡跡蹶自奮增絕怵惕騰躍水意而未發因更陰逐心相秩奔（一作奮又奪）隧林臨河怒氣未竭羽蓋繇起被以紅沫濛濛若雨委雪高冠扁焉長劍閑焉左挾彈焉右執鞭焉日移樂衰遊觀西園之芝芝成宮闕枝葉榮茂選擇純熟挈取含苴復取其次顧賜從者於是從容安步鬬雞走兔俛仰釣射煎熬炮炙極樂到暮若乃夫郊采桑之婦人兮袿

裼錯紆連袖方路摩馳長髮便娟數顧芳溫往來接神連未結已諾不分縹併進靖償笑連便不可忍視也於是婦人先稱曰春陽生兮萋萋不才子兮心哀見嘉客兮不能歸桑萎蠶飢中人望奈何

美人賦

司馬相如

司馬相如美麗閑都遊於梁王梁王悅之鄒陽譖之於王曰相如美則美矣然服色容冶妖（一作姣）麗不忠將欲媚辭取悅遊王後宮王不察之乎王問相如曰子好色乎相如曰臣不好色也

王曰子不好色何若孔墨乎相如曰古之避色孔墨之徒聞齊饋女而遐逝望朝歌而迴車譬於防火水中避溺山隅此乃未見其可欲何以明不好色乎若臣者少長西土觸[一作鰥]處獨居室宇遼廓莫與爲娛臣之東鄰有一女子雲髮豐艷蛾眉皓齒顏盛色茂景曜光起恒翹翹而西[一作相]顧欲留臣而共止登垣而望臣三年于茲矣臣棄而不許竊慕大王之高義命駕東來[一作而東]途出鄭衛道由桑中朝發溱洧暮宿上宮上[一作離]宮閒館寂寞雲虛門閤[一作閨]晝掩曖若

神居臣排其户而造其堂一作室芳香芬烈黼帳高張有女獨處婉然在牀奇葩逸麗淑一作素質艷光覩臣遷延微笑而言曰上客何國之公子所從來無乃遠乎遂設旨酒進鳴琴臣遂撫絃爲幽蘭白雪之曲女乃歌曰獨處室兮廓無依思佳人兮情傷悲有美人兮來何遲日既暮兮華色衰敢託身兮長自私玉釵挂臣冠羅袖拂臣衣時日西夕玄陰晦冥流風慘冽素雪飄零閑房寂謐不聞人聲於是寢具既設服玩珍奇金鉔一作爐薰香黼帳低一作高垂裀褥重陳角枕

橫施女乃弛其上服表其褻衣皓體呈露弱骨豐肌時來親臣柔滑如脂臣乃氣服（一作脉定）於內心正于懷信誓旦旦秉志不回翻然高舉與彼長辭

古文苑卷第一

古文苑卷第二

賦

屏風賦　劉安

維兹屏風出自幽谷根深枝茂號爲喬木孤生陋弱畏金強族移根易土委伏溝瀆飄飄殆危靡安措足思在蓬蒿林有樸樕然常無緣悲愁酸毒天啓我心遭遇徵祿中郎善理收拾損朴大匠攻之刻彫削斲表雖裂剥心質貞慤等化器類庇蔭尊屋列在左右近君頭足賴蒙成濟其恩弘篤何恩施遇分好沾渥不逢仁人永爲

枯木

又屛風賦　羊勝

屛風鞈匝蔽我君王重葩累繡沓壁連璋飾以文錦映以流黃畫以古烈顒顒昂昂藩后宜之壽考無疆

擣素賦　班婕妤

測平分以知歲酌玉衡之初臨見禽華以麃（一作麗）色聽（一作忽）霜鶴之傳音佇風軒而結睇對愁雲之浮沈雖松梧之貞脆豈榮彫其異心若乃廣儲懸月暉水流清桂露朝滿涼衿夕輕燕姜含

蘭而未吐趙女抽簧而絕聲改容飾而相命卷霜帛而下庭曳羅裙之綺靡振珠珮之精明若乃盼睞生姿動容多製弱態含羞妖風靡麗皎若明魄之升崖煥若荷華（一作衣）之昭晰調鉛無以玉其貌凝朱不能異其脣勝雲霞之邇日（一作月）似桃李之向春紅黛相媚綺組流光笑笑移妍步步生芳兩靨如點雙眉如張頹肌柔液音性閑良於是投香杵扣玟砧擇鸞聲爭鳳音梧因虛而調遠柱由貞而響沉散繁輕而浮捷節踈亮而清深含笙總筑比玉兼金不塤不篪匪

瑟匪琴或旅環而紆鬱或相參而不雜或將往而中還或已離而復合翔鴻爲之徘徊落英爲之颯沓調非常律聲無定本任落手之參差從風飈之遠近或連躍而更投或暫舒而長卷清寡鸞之命群哀離鶴之歸晚茍是時也鍾期改聽伯牙弛琴桑間絕響濮上傳音蕭史編管以擬吹周王調笙以象吟若乃窈窕姝妙之年幽閑貞專（一作靜專）之性符皎日之心甘首疾之病歌采綠之章發東山之詠望明月而撫心對秋風而掩鏡閱絞練之初成擇玄黃之妙匹（一作逸）準

華（準一作准）裁於昔時疑形異於今日想嬌奢之或至許椒蘭之多術勳陋製之無韻慮蛾眉之爲愧懷百憂之盈抱空千里兮飲淚侈長袖於妍袂綴半月於蘭襟表纖手於微縫庶見跡而知心訊沿路之遐敻怨芳菲之易泄（一作絶）書既封而重題筒已緘而更結慚行客而無言還空房而掩咽（一作泣）

請雨華山賦　劉向

崆巄巍崝嵔山清忽幽昧徃曲勃林岑茱崔（一作藿）竭離安連迎[illegible]通谷曼服㦤奄草均阿阪般

紛聲沸路遼遠調脩崪嶉寒服嶼冥冥蘭蔓元

空三字散峽崝崝此雀反㑣㑣溱溱路黍稷雲嵷忽

傳天下為深壑旅請令深渥水谷密請宜令所

出百鐕鐕清池涌泉淡州鳴一作鳴鶖翔㗂㗂殊

佋診賞懸若神悲哀一作衷但往一作但住不可語人

麀鹿麔麔㑣他他野牛勝握觸熊螙螙律怒佛

特林旅象犀庸遊山陵天陰且雨負日昤棠柘

梓桐掭捎毋猴猿木戲手相持瞻陽蹤蒡若風

時惲鴛飄陽鸞鷺孔翠文章明蜸一作螣曠苑倉游

山旁倱蝢狐狢臨水凝渾兮不觸果必方荎格

可爲悃陵鯉難神龜春夏出游冬自根聖人親
之誠虞哉號拖（元空）何不可勝亦路臨何爲華山

逐貧賦　揚雄

揚子遁居（一作世）離俗獨處（一作隱）左隣崇山右接
曠野鄰垣乞兒終貧且窶禮薄義弊相與羣聚
（又處）惆悵失志呼貧與語汝在六極投棄荒遐好
爲庸卒刑戮是加匪惟幼稚嬉戲土砂居非近
隣接屋連家恩輕毛羽義薄輕羅進不由德退
不受呵乆爲滯客其意謂（一作若）何人皆文繡余
褐不完人皆稻粱我獨藜飧貧無寶玩何以接

歡宗室之燕爲樂不槃徒行負債一作笈出處易衣身服百役手足胼胝或耘或耔霑體露肌朋友道絶進宦一作亦凌遲厥咎安在職汝爲之舍汝遠竄崑崙之巔爾復我隨翰飛戾天舍爾登山巖穴隱藏爾復我隨陟彼高崗捨爾入海汎彼栢舟爾復我隨載沉一作汜載浮我行爾動我靜爾一作汝休豈無他人從我何求今汝去矣勿復久留貧曰唯唯主人見逐多言益嗤心有所懷願得盡辭昔我乃祖宗一作宣其明德克佐帝堯誓爲典則土階茅茨匪彫匪飾爰及世季縱

其昬惑饕餮之群貪富苟得鄙我先人乃傲乃驕瑶臺瓊榭一作室室一作華屋崇高流酒爲池積肉爲崤是用鵲逝不踐其朝三省吾身謂予無譽處君之家又所福禄如山忘我大德思我小怨堪寒能一作耐暑少而習焉寒暑不忒等壽神仙桀跖不顧貪類不干人皆重蔽一作閑子獨露居人皆怵惕子獨無虞言辭既馨色厲目張攝齊而興降階下堂誓將去汝適彼首陽孤竹之一作二子與我連行余乃避席辭謝不直請不貳過聞義則服長與汝一作尔居終無猒極貧遂不去

與我遊息

太玄賦　　揚雄

觀大易之損益兮覽老氏之倚伏省憂喜之共門兮察吉凶之同域皦皦著乎日月兮何俗聖之暗燭豈愒（一作怙）寵以冒灾（一作容）兮將噬臍之不及若飄風不終朝兮驟雨不終日雷隱隱（一作隆）而輒息兮火猶熾而速滅自夫物有盛衰兮况人事之所極奚貪婪於富貴兮迮喪躬而危族豐盈禍所棲兮名譽怨所集薰以芳而致燒兮膏含肥而見焫翠羽媺而殃（一作危）身兮蚌含

珠而擘裂聖作典（一作禮）以濟時兮驅蒸民而入甲（一作用）張仁義以爲綱兮懷忠貞以矯俗指尊選以誘世兮疾身歿而名滅豈若師由聃兮執玄靜於中谷納僞祿於江淮兮揖松喬於華岳升崑崙以散髮兮踞弱水以濯足朝發軔於流沙兮夕翺翔乎碣石忽萬里而一頓兮過列仙以託宿役青要以承戈（一作弋）兮舞馮夷以作樂聽素女之清聲兮觀宓妃之妙曲茹芝英以禦餓兮飲玉醴以解渴排閶闔以窺天庭兮騎騂驥以躑躅載羨門與儷游兮永覽周乎八極亂

曰甘餌含毒難數嘗兮麟而可羈近犬羊兮鸞鳳高翔戾青雲兮不掛網羅固足珍兮斯錯位極離大戮兮屈子慕清葬魚腹兮伯姬曜名焚（一作炙）厥身兮孤竹二子餓首山兮斷跡屬妻何足稱（一作云）兮辟（一作譬）斯數子智若淵兮我異於此執太玄兮蕩然肆志不拘攣兮

蜀都賦

蜀都之地古曰梁州禹治其江渟皐弥望鬱

南則有犍牂潛夷昆明峩眉絶限峎嵣堪巖亶翔靈山揭其右離堆被其東於近則有瑕英菌芝玉石江珠於遠則有銀鉛錫碧馬犀象僰西有鹽泉鐵冶橘林銅陵邛連盧池澹波淪其旁則有期牛兕旄金馬碧雞北則有岷山外羌白馬獸則麢羊野麋罷犛貘貒麡麞鹿麝户豹能黃獑胡蜼玃猨蠝玃猱猶豰畢方尔乃倉山隱天岎崟迴叢增嶃重崒岵石𡾫崔岌巀嶵嵬霜雪終夏叩嵒巖岭嶙崇隆臨柴諸徼崼峴五硊參差湔山嵒巖巖觀上岑嵒龍陽累峗漼粲交倚崔崪崛崎集嶮脇施形精

出偈堪嵣隱倚彭門嶋峣崊嵃嵑岢方彼碑地嶱
岈輵嶰礫乎岳岳北屬崑崙泰極涌泉醴凝水流
津漉集成川於是乎則左沉犁右羌庭漆水浡其匈
都江漂其涇乃溢乎通溝洪濤溶沈千溪萬谷合流
逆折必澌乎爭降湖漕排碣反波逆潬磱石洌巘
紛洝周溥旋溺冤綏頹慚博岸敵呷捽瀨磴巖
樘汾汾忽溶闓沛踰窘出限連混陁隧銍釘鐘涌
聲讙薄泙龍歷豐隆潛濳元空雷抉電擊
鴻鴻康濫速遠乎長喻馳山下卒湍降疾流分川
並注合乎江州於木則梗櫟豫章樹榜檐櫨樿押

青稚雕梓枌梧橿櫪槲糟木稷枒信揖叢最俊幹
湊集枇櫅枎楬圠沈樘椅從風推參崖擸捿涇谿
溶溶繽紛幼靡汎閦野望芒芒菲菲其竹則鍾龍筡
篁野篠紛㟯宗生族攢俊茂豐美洪溶忿葦紛楊
掻翕與風披拖夾江緣山尋卒而起結根才業塡衍
迴野若此者方乎數千百里於氾則注注漾漾積
土崇堤其淺濕則生蒼葭蔣蒲藋芧青蘋草葉蓮
藕茱華菱根其中則有翡翠鴛鴦裊鸕鷁鷺䨥
鶬鷫鸘其深則有猵獺沈鱓水豹蛟虵黿蟺鼈龜
衆鱗鰨鱹尒乃其都門二九四百餘閭兩江飾其市九橋

帶其流武僭鎮都刻削成蘞王基既夷獨侯尚叢最幷
石石屛岓岑倚從秦漢之徙元以山東是以隤山厥饒
水貢其獲苴竹浮流龜磧竹石蝎相救魚酌不收鶬鳥
鵂鴝鶡風貽雨觳衆物駭目單不知所禦尔乃其裸羅
諸圃歐緣畛黄甘諸柘柿桃杏李枇杷杜樼栗棕棠
棃離支雜以梃橙被以櫻梅樹以木蘭扶林禽爚般
閔旁支何若英絡其間春机楊柳裛弱蟬抄扶施
連卷豝貕糖蛦子雋呼焉尔乃五穀馮戎瓜瓠饒
多卉以部麻往往薑梔附子巨蒜木艾椒蘺蒟醬
酴清衆獻儲斯盛冬冬育筍舊菜增伽百華投春隆

隱芬芳蔓茗熒翠藥青黃麗靡螭燭若揮錦布
繡望芒芒子於無塩尔乃其人自造奇錦紌纈緋
縝縿緣廬中發文揚采轉代無窮其布則細都弱
折綿繭成袿阿麗纖靡避晏與陰蜘蛛作絲不可
見風筩中黃潤一端數金雕鏤釦（一作鉛）東西鱗集南北
並湊馳相逢周流往來方轅齊轂隱軫幽輵埃敫塵
拂萬端異類崇戎總濃般旋闠齊咍楚而喉不感槩
万物更湊四時迭代彼不折貨我罔之械財用饒贍蓄
積備具若夫慈孫孝子宗厥祖祢鬼祭祀練時選
日瀝豫齋戒龍明衣表玄縠儷吉日異清濁合踈

明綏離旅乃使有伊之徒調夫五味甘甜之和勺藥
之羹江東鮐鮑隴西牛羊糴米肥豬麞麆不行鴻
貕[犭亶]乳獨竹孤鶬炮鶉被紕之胎山麕隮腦水遊之
腴蜂豚應鴈獳撆被[女鳥]鳧戮鵙初乳山鶴既交
春羔秋[鼠卯]膾鮻龜肴秔田獳鷩形不及勞五
肉七菜朦猒腥臊可以練神養血脾者莫不
畢陳尓乃其俗迎春送百金之家千斤之公
乾池泄澳觀魚于江若其吉日嘉會期於倍
春之陰迎夏之陽侯羅司馬郭范畾楊置酒
乎榮川之閒宅設坐乎華都之高堂延帷揚幕

接帳崗衆器雕琢早刻將皇朱緑之畫邠盼麗光龍虵蛩蜷錯其中禽獸奇偉髦山林昔天地降生壯鄣容促之君則荆上亡兄之相厥女作歌是以其聲呼吟靖領激呦喝啾戶音六成行夏低徊胥徒入冥及廟嗜吟諸連單情舞曲轉節蹈馺應聲其佚則接芬錯芳襜袺纖延蹦淒秋發陽春羅儒吟吳公連眺朱顏離絳脣眇眇之態吡嗽出焉若其遊怠魚弋群公之徒相與如平陽頻臣沼羅車百乘期會投宿觀者方隄行船競逐偃衍楸曳絺索恍惚

羅畏弥澥蔓蔓沕沕龍睢聊房罧布列枚

孤施兮纖繳出鷩雌落兮高雄蹷翔雎掛兮

奔縈畢組飛膾沈單然後別

甘泉宮賦　劉歆

軼凌陰之地室過陽谷之增城迴天門而鳳舉

躡黃帝之明庭冠高山而爲居乘崑崙而爲宮

桉軒轅之舊處居北辰之闕中背共工之幽都

向炎神之祝融緣石闕之天梯桂木雜而成行

芳肹蠁之依斐鸞鳳孔雀而翱翔鴻凰止而集

之甘醴涌於中庭離宮特館接比相連雲起波

駭星布彌山高巒峻阻臨洮廣衍深林蒲葦涌
水清泉芙蓉菡萏蔆華蘋藻豫章雜木梗松柞
棫女貞烏勃桃李棗檍

遂初賦

遂初賦者劉歆所作也歆少通詩書能屬文
成帝召爲黄門侍郎中壘校尉侍中奉車都
尉光禄大夫歆好左氏春秋欲立於學官時
諸儒不聽歆乃移書太常博士責讓深切爲
朝廷大臣非疾求出補吏爲河内太守又以
宗室不宜典三河徙五原太守是時朝政已

多失矣歆以論議見排擯志意不得之官經歷故晉之域感今思古遂作斯賦以歎征事而寄己意

昔遂初之顯禄兮遭閶闔之開通蹠三台而上征兮入北辰之紫宫備列宿於鉤陳兮擁大常之樞極揔六龍於駟房兮奉華盖於帝側惟太階之侈闊兮機衡爲之難運懼魁杓之前後兮遂隆集於河濱遭陽侯之豐沛兮乘素波以聊戾得玄武之嘉兆兮守五原之烽燧二乘駕而既俟僕夫其而在〔空元〕馳太行之嚴防

兮入天井之喬關歷崗岑以升降兮馬龍騰以
起攄無雙駟以優遊兮濟黎侯之舊居心滌
蕩以慕遠兮迴高都而北征劇彊秦之暴虐
兮吊趙括於長平好周文之嘉德兮躬尊賢
而下士鶩駟馬而觀風兮慶辛甲於長子哀襄
周之失權兮數辱而莫扶執孫蒯于屯留兮
救王師於途吾過下空元而歎息兮悲平公之
作臺背宗周而不卹兮苟偷樂而惰怠枝葉
落而不省兮公族閒其無人曰不釁而俞甚兮
政委弃於家門載約屨而正朝服兮降皮弁

以爲履寶礫石於廟堂兮面隋和而不眡始
建裹而造亂兮公室由此遂卑憐後君之寄寓
兮嗌靖公於銅鞮越侯甲而長驅兮釋叔向之
飛患悅善人之有救兮勞祁奚於太原何叔子
之好直兮爲群邪之所惡賴祁子之一言兮幾
不免乎徂落霣美不必爲偶兮時有差而不
相及雖韞寶而求賈兮嗟千載其焉合昔仲
尼之淑聖兮覓隘窮乎蔡陳彼屈原之貞專
兮卒放沉於湘淵何方直之難容兮柳下黜
而三辱蘧瑗抑而再犇兮豈材知之不足揚

蛾眉而見妬兮固醜女之情也曲木惡直繩
兮亦小人之誠也以夫子之博觀兮何此道之
必然空下時而矔世兮自命己之取患悲積
習之生常兮固明智之所别叔群既在皁隸
兮六卿興而爲桀荀寅肆而顚恣兮吉射叛
而擅兵憎人臣之若兹兮責趙鞅於晉陽鞅
中國之都邑兮登句注以陵厲歷鴈門而入
雲中兮超絶轍而遠逝濟臨沃而遥思兮垂
意兮邊都野蕭條以寥廓兮陵谷錯以盤紆
飄寂寥以荒昒兮沙埃起之杳冥迴風育其

飄忽兮迴颭颭之泠泠薄涸凍之凝滯兮苐
谿谷之清涼積雪之皚皚兮涉凝露之降霜
揚雹霰之復陸兮慨原泉之淩陰激流澌之
漻淚兮窺九淵之潛淋颸凄愴以慘怛兮慽
風漻以洌寒獸望浪以穴竄兮鳥脇翼之浚
浚山蕭瑟以鵾鳴兮樹木壞而哇吟地圻裂
而憤忽急兮石捌破之嵒嵒天烈烈以厲高
兮廖埲窻以梟窂鷹邑邑以遲遲兮野鸛鳴
而嘈嘈望亭隧之皦皦兮飛旗幟之翩翩回
百里之無家兮路脩遠之綿綿於是勤障塞

而固守兮奮武靈之精誠攄趙奢之策慮兮威謀完乎金城外折衝以無〔元空〕兮内撫民以永寧既邕容以自得兮唯惕懼於笁寒攸潛温之玄室兮滌濁穢於太清反情素於寂漠兮居華軆之冥冥玩書琴以條暢兮考性命之變態運四時而覽陰陽兮總萬物之珍怪雖窮天地之極變兮曾何足乎留意長恬淡以懽娱兮固賢聖之所喜亂曰〔元空〕幽潛德含聖神兮抱奇内光自得貞兮寵幸浮寄奇無常兮寄之去留亦何傷兮大人之度品物齊

兮舍位之過忽若遺兮求位得位固其常兮守信保己比老彭兮

首陽山賦

杜篤

嗟首陽之孤嶺形勢窟其盤曲面河源而抗巖隴塠隈而相屬長松落落卉木濛濛青羅落漠而上覆穴溜滴瀝而下通高岫帶乎巖側洞房隱於雲中忽吾覩兮二老時采薇以從容於是乎乃訊其所求問其所循州域鄉黨親戚儔疋何務何樂而並茲遊矣二老乃答余曰吾殷之遺民者也厥胥孤竹作蕃北湄少名叔齊長曰

伯夷聞西伯昌之善救育年艾於黃耈遂相携而隨之冀寄命乎餘壽而天命之不常伊事變而無方昌伏事而畢命子忽覲其不祥乃興師於牧野遂干戈以伐商乃棄之而來遊擔不少於其鄉余閉口而不食並卒命乎山傍

竹扇賦　班固

青青之竹形兆直妙華長竿紛寔翼杳篠叢生於水澤疾風時紛紛下紛字一作蕭颯削爲扇翣成器美託御君王供時有度量異好有圓方來風辟暑致清凉安體定神達消息百王傳之賴功力

壽考康寧累萬億一本來風堪辟暑靜致夜清涼

琴賦　傅毅

歷松岑而將降睹鴻梧於幽阻高百仞而不枉對脩條而特處蹈通涯而特遊圖茲梧之所宜信雅琴之麗樸乃弁伐其孫枝遂雕琢而成器揆神農之初制盡聲變之奧妙抒心志之鬱滯

九宮賦　黃香

伊黃虛一作虞又靈之典度存乎文昌之會宮醫華蓋之葳蕤依上帝以隆崇捉一作促璇璣而布政揔四七而持綱和日月之光曜均節度以運行

序列宿之煥爛咸垂景以煌煌歷天陰之晦暗陽玉石以炳明鏡大道之浩廣泑沉漭以坱圠一作泱沆圠又作軋眄旭歷而銑鋃銑一作銧鄺峴峄以閌閬即蹴縮以櫢檽坎㷠援以渞楊渞一作酒揚一作陽⿰馬胃一作⿰馬胥⿰馬睘騮⿰馬萬以差一作羗[illegible]磋磥皓皜以駿樂駿一作駮銀拂律以順游徑閨闥而出玉房謁五嶽而朝六宗對祝融而督勾芒蕩翊翊而敝降聊優游以尚陽一作徜徉蹠崑崙而蹈碣石跪厎柱而跨太行肘熊耳而據桐栢介嶓冢而持外方浣彭蠡而洗北海淬五湖而漱華池粉白沙而嚵定容

卷南越以騰歷連明月以爲懸剥駭雞以爲釵
繞績組而攝雲罇垂獨蠒而服離袿戴集岌而
帶繚繞曳陶匏以委蛇一作馳乘根車而駕神馬
驂駿駒而俠窮奇使織女驂乘王良爲之御三
台執兵而奉引軒轅乘駏驉而先驅招摇豐隆
騎師子而俠轂各先後以爲車雲左青龍而右
觜觽前七星而後騰蛇衛太一而聚羣神趣熒
惑而叱太白東井輟一作輙轢而播又潘洒彗勃佛
彷以捎擊四徼塵又作遮於干道絶引者而驚韠
蚩尤之倫玢璘而要班斕垂又作乘金干而揵又建

雄戟操巨檕（又臣檕）之礉弩齊佩機而鳴廓狼狐

彀張而外饗枉矢持芒以岞嵺迅衝風而突飛

電振雲峪岫而土塋山巃狡猾（又作狷）而蹴踐蛩

走札揭而獠桔梗（一作繚結便）櫟略玃而突列蛸橋

律屈而却梁黨巷溏而觸螟蜓扶（又拙）礔礰（一作𥗊）

而扑雷公摽擘鉠而拂勃決奮雲旗而椎撞（又）鴻

鐘聲淳淪（又作綸）以純侖四海澹而袥地梁（袥又作祐）

（一本無决字）砰太山而剌嵩吸江河而嘬九江登蕉

嶤之鼇臺闚天門而閃帝宮享嘉命而延壽樂

斯宮之無窮

鍼縷賦　曹大家

鎔秋金之剛精形微妙而直端性通遠而漸進博庶物而一貫惟鍼縷之列迹信廣博而無原退逶迤以補過似素絲之羔羊何斗筲之足筭咸勤石而升堂

圍碁賦　馬融

略觀圍碁兮法於用兵三尺之局兮為戰鬬場陳聚士卒兮兩敵相當拙者無功兮弱者先亡自有中和兮請說其方先據四道兮保角依旁緣邊遮列兮往往相望離離馬目兮連連鴈行

踔度間置兮徘徊中央違閣奮翼兮左右翱翔
道狹敵衆兮情無遠行碁多無策兮如聚群羊
駱驛自保兮先後來迎攻寬擊虛兮蹌跭內房
利則爲時兮便則爲強猒於食兮壞決垣墻堤
潰不塞兮泛濫遠已橫行陣亂兮敵心駭惶迫
兼碁雖兮頗棄其裝已下口兮鑿置清坑窮其
中罫（又羅）兮如鼠入囊收死卒兮無使相迎當食
不食兮反受其殃勝負之揲兮（揲一作策）於言如髮
乍緩乍急兮上且未分白黑紛亂兮於約如葛
雜亂交錯兮更相度越守視不同（一作固）兮爲所

唐突深入貪地兮殺亡士卒狂攘相救兮先後并没上下離遮又雜遝兮四面隔閉圍合罕散兮所對哽咽韓信將兵兮元空難通絶自陷死地兮設見權譎誘敵兊行兮往往一室損碁委食兮三將七遲逐奕問兮轉相伺察商度地道兮道理碁相連結蔓延連閣兮如火不滅扶疏布散兮左右流溢浸淫不振兮敵人懼慄迫促蹴踖兮惆悵自失計功相除兮以時各一作名又早訖事留變生兮拾碁欲疾營惑窘之兮無令詐出深念遠慮兮勝乃可必

髑髏賦

張衡

張平子將遊目於九野觀化乎八方星回日運鳳舉龍驤南遊赤野北泏（一作陟）幽鄉西經昧谷東極浮桑於是季秋之辰微風起涼聊回軒駕左翔右昂步馬于疇阜逍遥乎陵岡顧見髑髏委於路旁下居淤壤上有玄霜張平子悵然而問之曰子將并糧推命以夭逝乎本喪此土流遷來乎為是上智為是下愚為是女子為是丈夫於是肅（一作蕭）然有靈（一作聲）但聞神響不見其形荅曰吾宋人也姓莊名周遊心方外不能自修壽命終極來而玄

幽公子何以問之對曰我欲告之於五岳禱之於神祇起子素骨反子四支取耳北坎求目南離使東震獻足西坤授腹五内一作骨肉皆還六神皆復子欲之不乎髑髏曰公子言之殊難也死爲休息生爲役勞冬冰之凝何如春冰之消榮位在身不亦輕於塵毛巢許所耻伯成所逃況我已化與道逍遥離朱不能見子野不能聽堯舜不能賞桀紂不能刑虎豹不能害劒戟不能傷與陰陽同其流與元氣合其朴以造化爲父母天地爲牀蓐雷電爲鼓扇日月爲燈燭雲漢爲川池星

宿爲珠玉合體自然無情無欲澄之不清混之不濁不行而至不疾而速於是言卒響絶神光除滅顧時發軫乃命僕夫假之以縞巾衾之以玄塵爲之傷涕酹於路濵

冢賦　　張衡

載輿載步地勢是觀降此平土陟彼景山一升一降乃心斯安爾乃隳巍山平險陸刋蘩林鑿盤石起峻壟構大槨高岡冠其南平原承其北列石限其壇羅竹藩其域系以脩隧洽以溝瀆曲折相連迤靡相屬乃樹靈木靈木戎戎繁霜

峩峩匪雕匪琢周旋顧眄亦各有行乃相厥宇
乃立厥堂直之以繩正之以日有覺其林以構
玄室奕奕將將崇棟廣宇在冬不涼（一作寒）在夏
不暑祭祀是居神明是處脩墜之際亦有掖門
掖門之西十一餘半下有直渠上有平岸舟車
之道交通舊館寒淵慮弘存不忘亡恢厥廣壇
祭我兮子孫宅兆之形規矩之制希而望之方
以麗踐而行之巧以廣幽墓既美鬼神既寧降
之以福於以之平如春之卉如日之升

函谷關賦　李尤

惟皇漢之休烈兮包八極以據中混無外之盪
盪兮惟唐典之極崇萬國喜而洞洽兮何天衢
以流通襟要約之險固兮制關楗以擒非其南
則有蒼梧荔浦離水謝沐涯浦零中以窮海陸
於北則有蕭居天井壺口石徑貫越伐朔以臨
胡庭緣邊邪指陽會玉門凌測龍堆或置於西
則有隨隴武夷白水江零汚漢阻曲路由山泉
舊水遼濫沐落是經迺周覽以汎觀兮歷衆關
以遊目惟夸闊之宏麗兮羌莫盛於函谷施雕
甍以作好建峻敞之堅重殊中外以隔别巽巍

巍之高崇命尉臣以執鑰統羣類之所從嚴固
守之猛厲操戈鉞而普聰蕃鎮造而惕息侯伯
過而震惶惟函谷之初設險前有姬之苗流嘉
尹喜之望氣知真人之西遊爰物色以遮道爲
著書而肯留自轍之東遷秦虎視乎中州文馳
齊而懼追譎雞鳴於狗偷睢背魏而西逝托衾
衣以免搜大漢承弊以建德革厥舊而運脩准
令宜以就制因茲勢以立基盖可以詰非司邪
括執喉咽季末荒戍墮闕有年天閔羣黎命我
聖君稽符皇乾孔適河文中興再受二祖同勲

永平承緒欽明奉循上羅三關下列九門會萬國之玉帛徠百蠻之貢琛冠盖紛其雲合車馬動而雷奔察言服以有譏捐繻傳而勿論于以廓襟度於神聖法易簡於乾坤

大赦賦　崔寔

惟漢之十一年四月大赦滌悪棄穢與海内更始亹亹乎思隆平之進也寔就而賦焉

以爲五帝異世三王殊事然其承天據地興修法制一也陛下以苞天之大承前聖之迹朝乾乾於萬幾夕處敬而厲惕然猶痛刑之未措厥

將大赦天下所以創太平之迹旗頌聲之期新邦家而更始垂祉羨乎將來此誠不可奪也方將披玄雲照景星獲嘉禾於疆畝數蓂莢於階庭捫騏驎之肉角聆鳳凰之咊鳴農夫歡於時雨工女樂於機聲雖羲皇之神化尚何斯之太寧

古文苑卷第二

古文苑卷第三

賦

夢賦

王延壽

臣弱冠嘗夜寢見鬼物與臣戰遂得東方朔與臣作駡鬼之書臣遂作賦一篇叙夢後人夢者讀誦以却鬼數數有驗臣不敢蔽其詞曰

余宵夜寢息乃忽有非常之夢其爲夢也悉覩鬼物之變怪則有蛇頭而四角魚尾一作首而鳥身或三足而六眼龍形而似人羣行而奮摇忽來到吾前伸臂而舞手意欲相引牽於是夢中

驚怒腷臆紛紜曰吾含天地之淳和何妖孽之敢臻尔乃揮手振（一作奮）拳雷發電舒前游光斬猛猪（一作蹺）批黨豥斫魅虛捎魍魎拂諸渠撞縱目打三顱撲苕蕘扶夔䰡（苕蕘一作䰢莫）搏（一作䠞）睍睆蹴睢盱剖列蹷掣羯孽劓尖鼻踏赤舌拏傖𩕳揮髯鬝於是手足俱中捷獵圌摧拉澎湃跌抗揩倒批笞強梁捶捋㩼撥撩予摠攙黠施顡（一作顙）贖抨撜軋於是群邪衆魅駭擾遑遽煥衍叛散乍留乍去變形瞪眄顧望猶豫吾於是更奮奇譎脉捧獲噴扼撓峴撻（扼一作振）咿嚘批攎嘖於是

三三四四相隨佷傍而歷僻礲礲磕磕揩齊亥

一作精氣充布譽譽譽譽一作礐礐鬼驚魅怖或盤跚而

欲走或拘攣而不能步或中瘡而宛轉奄霧消

而光散寂不知其何故嗟妖邪之恠物敢干真

人之正度耳唧嘈而外朗忽屈申而覺寤於是

雞知天曙而奮羽忽嘈然而自鳴鬼聞之以迸

走心慴怖而皆驚亂曰齊桓夢物而以霸兮武

丁夜感得賢佐兮周夢九齡年克百兮晉文盬

腦國以竟一作競兮老子役鬼爲神將兮轉禍爲

福永無恙兮

王孫賦

王延壽

原天地之造化實神偉以屈奇道玄微以密妙信無物而不爲有王孫之狡獸形陋觀而醜儀顏狀類乎老公軀體似乎小兒眼睚瞩以耽一作眈盼卹視瞰睫以眏睖窔高匡而曲頞瞏一作儇嬰一作眏呼歷切歷而嚓離皐䶑䶎以䶍䶋目聿役以嘀知口嗛呥以齡一作齵齤脣皺㗩以柀䶡齒崖崖以齺齺嚼[illegible]哚而嚻兒儲糧食於兩頰稍委輸於胃脾踡兎蹲而猪一作狗距聲歷鹿而喔咿或囁囁而嗀嗀又嘀嗏一作嗅而若啼姿僭儫而抵

一作捴贑谽盰閬以瑣一作頸醢一作醢踠貽睃而矖睗旣䁐䁔而踧𣦆生深山之茂林處嶄巖之嶔崎性𤢗𤟹以獖疾態峯出而橫施緣百仞之高木攀窈褭之長枝背牢落之峻壑臨不測之幽溪尋柯條以宛轉或捉腐而登危若將頹而復著紛絀絀以陸離或羣跳而電透了一作丫瓜懸而瓠垂上觸手而挐攫下值一作對足而登𨀞手攀攬以狂接奐儵眒而電走將一作寥遼落以蕭索乍睥睨以容與或蹢一作蹂趹以跳迸又咨啄而攢聚扶嶔崟以揀一作陳椽檖躡危臬而騰舞忽

踊逸而輕迅羗難得而覼縷同甘苦於人類好餔糟以歠醨乃置酒於其側競爭飲而蹈馳顛陋酗以迷醉矇眠睡而無知蹔足蜉髮一作鬖以縫縛遂纓絡而羈縻歸鏁繫於庭㢈觀者吸呷一作呷而忘疲

漢津賦　蔡邕

夫何大川之浩兮洪流淼以玄清配名位乎天漢披厚土而載形登源自乎嶓冢引漾澧而東征納陽谷之所吐兮兼漢沔之殊名揔畎澮之群液演西土之陰精遇萬山以左迴兮旋襄陽

而南縈切大别之東山兮與江湘乎通靈嘉清源之勢體澹澶湲以安流鱗甲育其萬類兮蛟龍集以嬉遊明珠胎于靈蚌兮夜光潛乎玄洲雜神寶其充盈兮豈魚龜之足收

短人賦

侏儒短人焦僥之後出自外域戎狄别種去俗歸義慕化企踵遂在中國形貌有部名之侏儒生則象父唯有晏子在齊辨勇匡景拒崔加刃不恐其餘尫么劣厥僂寠嘖嘖怒語與人相拒矇昧嗜酒喜索罰舉醉則揚聲罵詈恣口衆人

患忌難與共侶是以陳賦引譬比偶皆得形象誠如所語詞曰雄荆鷄兮鶩鷿鵜鶻鳩雛兮鷲鶡雌冠戴勝兮啄木兒觀短人兮形若斯熱地蝗兮蘆即且子如切蘭中踊兮蚕蠕湏上音而視短人兮形若斯木門闔兮梁上柱獘鑿頭兮斷柯斧鞞鞨鼓兮補履撲脫柄椎兮擣薤杵視短人兮形如許

青衣賦

金生砂礫珠出蚌泥歎茲窈窕散在卑微盼倩俶儷皓齒蛾眉　縱橫接髮葉如低葵綺袖丹裳

躡蹈絲扉盤跚蹴蹀坐起低昂和暢善笑動揚
朱唇都冶武媚卓躒多姿精惠小心趨事如飛
中饋裁割莫能雙追關雎之潔不陷邪非察其
所履世之鮮希宜作夫人爲衆女師伊何尔命
在此賤微代無樊姬楚莊晉妃感昔鄭季平陽
是私故因楊國歷尔邦鐵錐得嬿婉舒寫情懷
寒雪繽紛充庭盈階兼裳累鎮展轉倒頽昒昕
將曙鷄鳴相催飾駕趣嚴將舍爾乖矇冒矇冒
思不可排

筆賦

惟其翰之所生于季冬之狡兎性精亟以慓悍體遄迅以騁步削文竹以爲管加漆絲之纏束形調摶以直端染玄墨以定色書乹坤之陰陽讃宓皇之洪勲盡五帝之休德揚蕩蕩之明文紀三皇之功代兮表八百之肆覲傳六經而綴百代兮建皇極而序彝倫綜人倫於晻昧兮賛幽冥於明神象類多喻靡施不協上剛下柔乹坤位也新故代謝四時次也圓和正直規矩極也玄首黄管天地色也

協和昏賦

惟情性之至好歡莫偉乎夫婦受精靈之造化
固神明之所使事深微以玄妙實人倫之所始
考遂初之原本覽陰陽之綱紀乹坤和其剛柔
艮兊感其脢腓葛覃恐其失時摽梅求其庶士
唯休和之盛代男女德乎年齒婚姻協而莫違
播欣欣之繁祉良辰既至昏禮已舉二族崇飾
威儀有序嘉賓僚黨祁祁雲聚車服照路驂騑
如舉既臻門屏結軌下車阿傅御豎鴈行蹉跎
麗女盛飾曄如春華

琴賦

清聲發兮五音舉韻宮商兮動徵羽曲引興兮繁絲撫然後哀聲既發祕弄乃開左手抑揚右手徘徊抵掌反復抑按藏摧於是繁絃既抑雅韻乃揚仲尼思歸鹿鳴三章梁甫悲吟周公越裳青雀西飛別鶴東翔飲馬長城楚曲明光走獸率舞飛鳥下翔感激絃歌一低一昂

胡栗賦

樹遐方之嘉木兮于靈宇之前庭通二門以征行兮夾堦除而列生彌霜雪之不彫兮當春夏而滋榮因本心以誕節兮凝育櫱之綠英形猗

猗以艷茂兮似翠玉之清明

柳賦

覽竝樹之豐茂紛旖旎以脩長枝扶踈而覃布莖摻梢以奮揚人情藏於舊物心惆悵以增慮行游目而廣望覩城壘之故處悟元正之詁言信斯難而存懼嘉甘棠之不伐畏敢累於此樹茍遠跡而退之豈駕馳而不屢

述行賦

余有行于京洛遘淫雨之經時途迍邅其蹇連潦汙滯而爲災聊弘慮以存古宣幽情而屬辭

行游目以南望覽太室之威靈顧大河于北垠
覩洛汭之始并率陵阿以登降赴偃師而精勤
壯田横之奉首義二士之夾墳

彈棊賦

榮華灼爍萼不韡韡於是列象雕華逞麗豐腹
斂邊中隱四企輕利調博易使馳騁然後我掣
乒棊夸驚或風飄波動若飛若浮不遲不疾如
行如留放一弊六功無與儔

温泉賦

余適驪山觀温泉浴神井美洪澤之普施乃爲

賦云陽春之月百草萋萋余在遠行顧望有懷遂適驪山觀温泉浴神井風物戀壯厥類之獨美思在化之所原覽中域之珍恠無斯水之神靈控湯泉乎瀛洲濯日月乎中營蔭高山之北延處幽屏以閒清於是殊方跂（一作交）涉駿奔來臻士女曄其鱗萃紛雜遝其如絪亂曰天地之德莫若生兮帝育蒸人恣厥成兮六氣淫錯有疾癘兮温泉汨焉以流穢兮蠲除苛慝服中正兮熈哉帝載保性命兮

誚青衣賦

彼何人斯悦此艷姿麗辭美譽雅句斐斐文則可佳志卑意微鳳兮鳳兮何德之衰高岡可華何必棘茨醴泉可飲何必洿池隋珠彈雀堂溪刈葵鴛鶵啄鼠何異乎鵶歷觀古今禍福之階多由蘖妾淫妻書戒牝鷄詩載哲婦三代之季皆由斯起晉獲驪戎嬖懷恭子有夏取仍覆宗絶祀叔肹納申听聲狼似穆子私庚豎牛餒已黄歇之敗從李園始魯受齊樂仲尼逝矣文公懷安姜笑其鄙周漸將衰康王晏起畢公喟然深思古道感彼關雎性不雙侶願得周公妃以

窈窕防微消漸諷諭君父孔氏大之列冠篇首晏嬰潔志不顧景女乃雋不疑奉霍不受見尊不迷況此麗豎三族无紀綢繆不序蟹行索妃旁行求偶昏無媒理宗廟無主門戶不名依其在所生女爲妾生男爲虜歲時酹祀詰其先祖或於馬廐廚間竈下東向長跪接狎觴酒悉請諸靈僻邪無主多乞少出銅丸鐵柱積繒累億皆來集聚嫡婉歡心各有先後臧獲之類蓋不足數古之贅婿尚猶塵垢況明智者欲作奴父

羽獵賦

皇上感天威之漻烈思太昊之觀虞表林麓而廓萊藪剪荊梓而夷棜株於是鳳凰獻歷太僕駕具蚩尤先驅雨師清路山靈護陣方神蹕御羲和奉轡弭節西征翠蓋葳蕤鸞駕玲瓏山谷爲之淡泊丘陵爲之皺傾於是皇輿綢繆遷延容與抗天津於伊路負遥集乎南圃大詔獠者競逐長驅輕車颷厲羽騎電騖合雲集波流雨馬蹂麋鹿輪轔狐兎弓不妄彎矢不虛舉鳥驚往羅獸失遇

觀舞賦

客有觀舞於淮南者美而賦之曰
音樂陳兮旨酒施擊靈鼓兮吹參差叛淫衍兮
漫陸離於是飲者皆醉日亦既昃美人興而將
舞乃修容而改服襲羅縠之雜錯申綢繆而自
飾拊者啾其齊列盤鼓煥以駢羅抗脩袖以翳
面展清聲而長歌歌曰驚雄逝兮孤雌翔臨歸
風兮思故鄉搦纖腰以互折嬛傾倚兮低昂增
芙蓉之紅華兮光灼爍以發揚騰嫮目以顧眄
盼爛爛以流光連翩絡繹乍續乍絕裾似飛鸞
袖如迴雪於是粉黛弛兮玉質粲珠簪挺兮緇

髮亂然後飾笄整髮被纖垂縈同服駢奏合體
齊聲進退無差若影追形

終南山賦

伊彼終南巋巀嶙囷槩青宮觸紫宸嶔崟鬱律
萃于霞芬瞹𣉹晻靄若鬼若神傍吐飛瀨上挺
脩林立泉落落密陰沉沉榮期綺季此焉恬心
三春之季孟夏之初天氣肅清周覽八隅皇鑾
鸑鷟警乃前驅尔其珎恠碧玉挺其阿密房元
空溜其巔翔鳳哀鳴集其上清水泌流注其前
彭祖宅以蟬脫安期饗以延年唯至德之爲美

我皇應福以來臻掃神壇以告誠薦珎馨以祈
仙嗟茲介福永終億年

浮淮賦　魏文帝

建安十四年王師自譙東征大興水運浮舟萬
艘時余從行始入淮口行泊東山覩師徒觀旌
帆赫哉盛矣雖孝武盛唐之狩舳艫千里殆不
過也乃作斯賦云

泝淮水而南邁兮泛洪濤之湟波仰巖岡之崇
阻兮經東山之曲阿浮飛舟之萬艘兮建干將
之銛戈揚雲旗之繽紛兮聆榜人之讙譁乃撞

金鍾爰伐雷鼓白旄沖天黄越扈扈武將奮發
驍騎赫怒

又浮淮賦　　王粲

從王師以南征兮浮淮水而遐逝背渦浦之曲
流兮望馬丘之高澨泛洪櫓于中潮兮飛輕舟
乎濵濟建衆檣以成林兮譬無山之樹藝於是
迅風興濤鉦鼓若雷旌麾翳日飛雲天田蒼鷹
飄逸遞相競軼凌驚波以高騖馳駭浪波而赴
質加舟徒之巧極美榜人之閑疾白日未移前
驅已屆群帥桉部左右就隊軸轤千里名卒億

計運竝威以赫怒清海隅之蔕芥濟元勳於一舉垂休績乎遠裔

述行賦　　曹植

尋曲路之南隅觀秦政之驪墳哀黔首之罹毒酷始皇之爲君濯余身于秦井律湯液之若焚

大暑賦　　王粲

惟林鍾之季月重陽積而上升喜潤土之溽暑扇温風而至興獸狼望以倚喘鳥垂翼而弗翔遠昆吾之中景天地翕其同光征夫瘼於原野處者困於門堂患衽席之焚灼譬烘燎之在床

起屏營而東西欲避之而無方仰庭槐而嘯風風既至而如湯於是帝后順時幸九嵕之陰岡託甘泉之清野御華殿於林光潛廣室之邃宇激寒流於下堂重屋百增垂蔭千廡九闥洞開周帷高舉堅氷常奠寒饌代敘

又大暑賦　劉楨

其爲暑也羲和揔駕發扶木太陽爲輿達炎燭靈威參垂步朱轂赫赫炎天列列暉暉若熾燎之附體又温泉而沈肌獸喘氣於玄景鳥戢翼於高危農畯捉鎛而去疇織女釋杼而下機温

風至而憎熱歊悒慴而無依披襟領而長嘯輿
微風之來思

羽獵賦　王粲

相公乃乘輕軒駕四駱拊流星屬繁弱選徒命士威興揭作旌旗雲擾鋒刃林錯揚輝吐火曜野蔽澤山川於是乎搖蕩草木爲之摧落禽獸振駭䰟亡氣奪舉首觸絲搖足遇捷陷心裂胃潰頸破頰鷹犬競逐奕奕霏霏墜者若雨僵者若坻清野滌原莫不殲夷

靈河賦　應瑒

浴靈川之遐源兮于崑崙之神丘凌增城之陰隅兮賴后土之潛流衝積石之重險兮披山麓之隘浮蹶龍黃而南邁兮紆鴻體而因流涉津洛之阪泉播九道乎中州汾湏涌而騰騖兮恒亹亹而徂征肇乘高而迅逝兮陽侯沛而震驚

白髮賦　左思

星星白髮生於鬢垂雖非青蠅穢我光儀策名觀國以此見疵將拔將鑷好爵是縻白髮將拔惄然自訴稟命不幸值君年莫偪迫秋霜生而皓素始覽明鏡惕然見惡朝生晝拔何罪之故

予觀橘柚一皜一曄貴其素華匪尚緑葉願戩子之手攝子之鑷咨尔白髮觀世之途靡不追榮貴華賤枯赫赫閶闔藹藹紫廬弱冠求仕童髫獻謨甘羅乘軺子奇剖符英英終賈高論雲衢拔白就黑此自在吾白髮臨拔瞋目號呼何我之冤何子之娱甘羅自以辨惠見稱不以髮黒而名著賈生自以良才見異不以烏鬢而後舉聞之先民國用老成二老歸周周道肅清四皓佐漢漢德光明何必去我然後要榮咨尔白髮事故有以尔之所言非不有理曩貴耆老今

薄舊齒皤皤榮期皓首田里雖有二毛河清難
俟隨時之變見歎孔子髮乃辭盡誓以固窮昔
臨玉顏今從飛蓬髮膚至眤尚不克終聊用擬
辭比之國風

遊後園賦　謝朓

積芳兮選木幽蘭兮翠竹上蕪蕪兮陰景下田
田兮被谷左蕙畹兮彌望右芝原兮冩目山霞
起而削成水積明以經復於是敞風闈之藹藹
聳雲館之迢迢周步檐以升降對玉堂之沉寥
尔乃日栖榆柳霞照夕陽孤蟬已散去鳥成行

惠氣湛兮帷殿肅清陰起兮池館涼

枯樹賦　庾信

殷仲文風流儒雅海内知名代異時移出爲東陽太守常忽忽不樂顧庭槐而歎曰此樹婆娑生意盡矣至如白鹿貞松青牛文梓根柢盤魄山崖表裏桂何事而銷亡桐何爲而半死昔之三河徙殖九畹移根開花建始之殿落實睢陽之園聲含嶰谷曲抱雲門將雛集鳳比翼巢鴛臨風亭而唳鶴對月峽而吟猨乃有拳曲擁腫盤坳反覆熊彪顧盼魚龍起伏節豎一作樹山連

文橫水蹙匠石驚視公輸眩目雕鐫始就剞劂仍加平鱗鏟甲落角摧牙重重碎錦片片真花紛披草樹散亂烟霞若夫松子古度平仲君遷森梢百頃槎枒千年秦則大夫受職漢則將軍坐焉莫不苔埋菌壓鳥剥蟲穿俹垂於霜露撼頓於風塵東海有白木之廟西河有枯桑之社北陸以楊葉爲關南陵以梅根作冶小山則叢桂留人扶風則長松繫馬豈獨城臨細柳之上塞落桃林之下若乃山河阻絕飄零離別拔本垂淚傷根流血火入空心膏流斷節橫洞口而

欹卧頓山要而半折文袤者合體俱碎理正者中心直裂戴癭銜瘤藏穿抱穴木魅睗一作睥睒山精妖孽況復風雲不感羈旅無歸未能採葛還成食薇沉淪窮巷蕪沒荊扉既傷搖落彌嗟變衰淮南云木葉落長年悲斯之謂矣乃爲歌曰建章三月火黄河千里槎若非金谷滿園樹即是河陽一縣花桓大司馬聞而歎曰昔年移柳依依漢南今看搖落悽愴江潭樹猶如此人何以堪一本木魅睥睒山精妖孽在膏流斷節之下橫洞口而欹卧之上

古文苑卷第三

古文苑卷第四

詩

栢梁詩

漢武帝元封三年作栢梁臺詔群臣二千石有能爲七言詩乃得上座

日月星辰和四時（皇帝）驂駕駟馬從梁來（梁王）郡國士馬羽林材（大司馬）總領天下誠難治（丞相）和撫四夷不易哉（大將軍）刀筆之吏臣執之（御史大夫）撞鐘伐鼓聲中詩（太常）宗室廣大日益滋（宗正）周衛交戟禁不時（衛尉）總領從官栢梁臺（光禄勳）平理請讞决嫌

疑廷尉修飾輿馬待駕來大僕郡國吏功差次之大鴻臚乘輿御物主治之少府陳粟萬石揚且箕大司農徼道宮下隨討治金吾三輔盜賊天下危左馮翊盜阻南山為民災右扶風外家公主不可治京兆尹椒房率更領其材詹事蠻夷朝賀常舍其典屬國桂枅薄櫨相枝持大匠枇杷橘栗桃李梅太官令走狗逐兎張罝罘上林令齧妃女脣甘如飴郭舍人迫窘詰屈幾窮哉東方朔

古梁父吟中都縣有田強古冶子墓案三士皆齊人

步出齊城門遙望蕩陰里里中有三墓累累正

相似問是誰家墓田強古冶子力能排南山文
能絕地紀一朝被讒言二桃殺三士誰能爲此
謀國相齊晏子

録別詩　李陵

有鳥西南飛熠熠似蒼鷹朝發天北隅暮聞日
南陵欲寄一言〔元空〕託之牋綵繒因風附輕翼以
遺心蘊蒸鳥辭路悠長羽翼不能勝意欲從鳥
逝駑馬不可乘

爍爍三星列拳拳月初生寒涼應節至蟋蟀夜
悲鳴晨風動喬木枝葉日夜零遊子暮思歸塞

耳不能聽遠望正蕭條百里無人聲豺狼鳴後
園虎豹步客庭遠處天一隅苦困獨零丁親人
隨風散歷歷如流星三苹離不結思心獨屏營
願得萱草枝以解飢渴情
寂寂君子坐奕奕合衆芳温聲何穆穆因風動
馨香清言振東序良時著西庠乃命絲竹音列
席無高唱悲意何慷慨清歌正激揚長哀發華
屋四坐莫不傷
晨風鳴北林熠燿東南飛願言所相思日暮不
垂帷明月照高樓想見餘光輝玄鳥夜過庭髣

髴能復飛褰裳路踟躕彷徨不能歸浮雲日千里安知我心悲思得瓊樹枝以解長渴飢

陟彼南山隅送子淇水陽爾行西南游我獨東北翔轅馬顧悲鳴五步一彷徨雙鳧相背飛相遠日已長遠望雲中路想見來圭璋萬里遥相思何益心獨傷隨時愛景曜願言莫相忘

鍾子歌南音仲尼歎歸與戎馬悲邊鳴遊子戀故廬陽鳥歸飛雲蛟龍樂潛居人生一世間貴與願同俱身無四凶罪何爲天一隅與其苦筋力必欲榮薄軀不如及清時策名於天衢

鳳皇鳴高岡有翼不好飛安知鳳皇德貴其來見稀闕

紅塵蔽天地白日何冥冥闕

荅詩 蘇武

童童孤生柳寄根河水泥連翩遊客子于冬服涼衣去家千里餘一身常渴飢寒夜立清庭仰瞻天漢湄寒風吹我骨嚴霜切我肌憂心常慘戚晨風爲我悲瑶光游何速行願支何遲仰視雲間星忽若割長帷低頭還自怜盛年行已衰依依戀明世愴悢難久懷

别李陵

雙鳧俱北飛一鳧獨南翔子當留斯館我當歸故鄉一别如秦胡會見何詎央愴悢切中懷不覺淚沾裳願子長努力言笑莫相忘

臨終詩　孔融

言多令事敗器漏苦不密河潰蟻孔端山壞由猿穴涓涓江漢流天窻通冥室讒邪害公正浮雲翳白日靡辭無忠誠華繁竟不實人有兩三心安能合爲一三人成市虎浸漬解膠漆生存多所慮長寢萬一作方事畢

離合作郡姓名字詩

漁父屈節水潛匿方與旹進止出行施張呂公
磯釣盍口渭旁九域有聖無土不王好是正直
女囬予匡海外有截隼逝鷹揚六翮將奮羽儀
未彰虵龍之蟄俾也可忘玟璇隱曜美玉韜光
無名無譽放言深藏按轡安行誰謂路長

六言詩三首

漢家中葉道微董卓作亂乘衰僭上虐下專威
萬官惶怖莫違百姓慘慘心悲
郭李分爭爲非遷都長安思歸瞻望羇東可哀

夢想曹公歸來

從洛到許巍巍曹公憂國無私減去廚膳甘肥羣僚率從祈祈雖得俸祿常飢念我苦寒心悲

雜詩二首

巖巖鍾山首赫赫炎天路高明曜雲門遠景灼寒素昂昂累世士結根在所固呂望老匹夫苟爲因世故管仲小囚臣獨能建功祚人生有何常但患年歲暮幸記一作託不肖軀且當猛虎步安能苦一身與（元空）同舉厝由不慎小節庸夫笑我度呂望尚不希夷齊何足慕

遠送親行客歲暮乃來歸入門望愛子妻妾向人悲聞子不可見日已潛光輝孤墳在西北常念君來遲褰裳上墟丘但見蒿與薇白骨歸黃泉肌骨乘塵飛生時識父死[元空]知我誰孤魂遊窮暮飄颻安所依人生圖畫息爾死我念追俛仰内傷心不覺淚沾衣人生自有命但恨生日希

木蘭詩 不知名浙江西道觀察使兼御史中丞韋元甫聞續附入

促織何唧唧木蘭當户織不聞機杼聲唯聞女歎息問女何所思問女何所憶女亦無所思女

亦無所憶昨夜見軍帖可汗大點兵軍書十二卷卷卷有耶名阿耶無大兒木蘭無長兄願爲市鞍馬從此替耶征東市買駿馬西市買鞍韉南市買轡頭北市買長鞭旦辭耶孃去暮宿黄河邊不聞耶孃喚女聲但聞黄河流水鳴濺濺旦辭黄河去暮宿黑山頭不聞耶孃喚女聲但聞燕山胡騎聲啾啾萬里赴戎機關山度若飛朔氣傳金柝寒光照鐵衣將軍百戰死壯士十年歸歸來見天子天子坐明堂策勳十二轉賞賜一作賜物百千強可汗問所欲木蘭不用尚書郎

（樂府作欲與木蘭賞不願尚書郎）願馳千里足送兒還故鄉耶孃聞女來出郭相扶將阿姊聞妹來當户理紅粧小弟聞姊來磨刀霍霍向猪羊開我東閣門坐我西閒床脱我戰時袍着我舊時裳當牕理雲鬢挂鏡帖花黄出門看火伴火伴皆驚忙同行十二年不知木蘭是女郎雄兎脚撲握（一作朔）雌兎眼彌（一作迷）離雙（一作兩）兎傍地走安（一作焉）能辨我是雄雌

嘲熱客

平生三伏時道里無行車閉門避暑卧出入不

相過只今褦襶子觸熱到人家主人聞客來嚬
蹙奈此何謂當起行去安坐正咨嗟所説無一
急㗊㗊吟何多摇扇髀中疾流汗正滂沲莫謂
爲小事亦是人一瑕傳戒諸高明褻行宜見呵

齊梁詩四十五篇

侍遊西方山應詔

巡蹕望登年帳飲臨秋縣日羽鏡霜潯雲旗落
風甸四瀛良在目八寓婉如見小臣竊自嘉預

奉栢梁讌

遊仙詩

桃李不奢年桑榆多暮節常恐秋蓬根連翩因
風雪習道遍槐岻追仙度瑶碣緑帙啓真詞丹
經流妙説長河且巳縈曾山方可礪
獻歳和風起日出東南隅鳳旍空元亂煙龍駕溢
雲區結賞自貞嶠移讌乃方壷金巵浮水翠玉
竿挹泉珠徒用空元霜露改煞天地俱
命駕瑶池隈過息嬴女臺長袖何靡靡簫管清
且哀璧門涼月舉珠殿秋風迴青鳥鶩高羽王
母停玉盃舉手暫爲别千年將復來
湘沅有蘭沚洎吾欲南征遺珮長出浦舉袂望

增城朱霞拂綺樹白雲照金楹五芝多秀色八
桂常冬榮弭節且夷與參差聞鳳笙
命駕隨所即燭龍導輕驪沙澤振寒草弱水駕
氷潮遠翔馳聲響流雪自飄颻忽與若（元空）者長
舉入雲霄羅澤徒有睨鷦明已寥寥

奉和南海王殿下詠秋胡妻

日月共爲照松筠俱以貞佩分甘自遠結鏡待
君明且協金蘭好方愉琴瑟情佳人忽千里幽
閨積思生

其一

景落中軒坐悠悠望城闕高樹升夕煙曾樓滿
初月光陰非或異川山屢難越輟泣拚弁鉛姿搔
首亂雲髮

其二

傾魂屢組火摇念待方秋凉氣承宇結明熠儦
堦流三星亦虚暎四屋慘多愁（空元）思如萱草一
見乃忘憂

其三

杼柚欝爵不諧㪿闊彌新故翔風櫩上發寒鳥林
間度客遠之衣裘歲晏饒霜露參差興别緒依

遲起離慕

其四

願言如何行信邁亦云反睇景不告勞瞻途寧遽遠何以淹歸轍蠶妾事春晚送目亂前華馳心迷舊婉

其五

椒珮容有結振芳跂路隅黄金徒以賦白珪終不渝明心良自皎安用久踟躕遄速反於巷流目下西虞

其六

栖玄寺聽講畢遊郊園

道勝業茲遠心閑地能隟桂掩鬱初裁蘭墀坦將闢虛檐對長嶼高軒臨廣液芳草列成行嘉樹紛如積流風轉還逕清煙泛喬石日泊山照紅松暎水華碧暢哉人外賞遲遲眷西夕

別蕭諮議　任殿中昉

離燭有窮輝別念無終緒岐言未及申離目已先舉揆景巫衡阿臨風長楸渚浮雲難嗣音徘徊帳誰與儻有關外驛聊訪狎鷗渚

王延

霏雲承永夜皓燭騖離軒執酒愴誰空元舉袖默
何言忍茲君爲別如此歲方暄年深圵岫時鳥
思南國園江上愁別日階下樹芳蓀

宗記室史

別酒正參差乖情將陸離悵焉臨桂苑憫默瞻
華池輕雲流惠采時雨亂清漪眇眇追蘭逕攸
攸結芳枝眷言終託何心寄方在斯

蕭諮議衍

問我去何節光風正悠悠蘭華時未晏舉袂徒
離憂緩客承別酒鳴琴和好仇清宵一已曙藐

爾泛長洲春言無歇緒深情附還流

蕭記室深前夜以醉乖例今晝由醒敬應

教

落日揔行轡薄別在江干遊客無淹期長洲有急瀾分手信云易相思誠獨難之子兩特達伊余日盤桓空元此式徵歲共賞階前蘭

別蕭諮議又一首

徘徊將所愛昔別在河梁衿袖三處隔江山千里長寸心無遠近邊地有風霜勉哉勤歲暮敬矣事容光山川殊未懌杜若空爲芳

和王友古意二首 沈右率等並和數十人文多不載

遊禽暮知反行人獨未歸坐銷芳草氣空度明月暉嚬容入朝鏡思淚點春衣巠山采雲合湛上緑條晞待君竟不至秋鴈雙雙飛

霜氣下盟津秋風度函谷念君淒巳寒當軒卷羅縠纖手廢裁縫曲鬢罷膏沐千里不相聞寸心鬱紛蘊況復飛螢夜木葉亂紛紛

餞謝文學離夜

漢池水中帶巠山雲似盖瀄汨背吴湖潺湲横楚瀨一望沮漳水寧思江海會以我徑寸心從

君千里外

沈率約

差池鶯始飛冪歷草初輝離人悵東顧遊子去西歸清潮巳架渚潯露復沾衣一乖當春聚方掩故園扉

虞駕部

陽臺霧初解夢渚水裁淥遠山隱且見平沙斷還續分絃饒苦音別唱多淒曲爾拂後車塵我事東皐粟

范通直雲

春夜別清樽江潭復爲客歎息東流水如何故
鄉陌重樹始芬蒕芳洲轉如積望望荆臺下歸
夢相思夕

謝文學

所供共歌笑誰忍别笑歌離軒思黄鳥分渚蔓
青莎翻情結遠旆灑淚與行波春江夜明月還
望情如何

王中書

執手無還顧别渚有西東荆吴眇何際煙波千
里通春筍方解籜弱柳向低風相思將安寄悵

望南飛鴻

蕭記室

汀洲千里芳朝雲萬里色悠悠在天隅之子去安極春潭無與窺秋臺誰共陟不見一佳人徒望西飛翼

寒晚敬和何徵君點　劉中書

踈酌候冬序閑琴改秋律如何將暮天復值西歸日搖落迎軒牖飛鳴亂繩華煙灌共深陰風篁兩蕭瑟虛堂無笑語懷君首如疾早輕北山賦晚愛東皐逸上德可潤身下澤有徐轡

別王丞僧孺

首夏實清和餘春滿郊甸花樹雜爲錦月池皎如練如何如此時別離言與面留雜已欝紆行舟亦遥衍非君不見思所悲思不見

學古貽王中書　范通直雲

攝官青瑣闥遥望鳳凰池誰言相去遠脉脉阻光儀岱山饒靈異沂水富英奇獨翩凌北海飜飛出南皮遭逢聖明后來棲桐樹枝竹花何莫莫桐葉何離離可栖復可食此外亦何爲豈如鷦鷯者一粒有餘貲

雜體報范通直

和璧荆山下隨珠漢水濱無霍自昔代有美今爲隣三楚多才士江上復才人緯綃非善賈聖德可名臣追飛且學步共子奉清塵紫庭風日好青槐枝葉新徘徊吹樓側欲見心所親崗君蘭蕙草何用以書紳

賦物爲詠得幔　謝文學

幸得與君綴羃歷君之楹月暎不辭卷風来輒自輕每聚金鑪氣時駐玉琴聲但願置樽酒蘭釭當夜明

琵琶　王中書

抱月如可明，懷風殊復清。絲中傳意緒，花裏寄春情。掩抑有奇態，悽鏘多好聲。芳袖幸時拂，龍門空自生。

篪　沈右軍

江南簫管地，妙響發孫枝。殷勤寄玉指，含情舉復垂。雕梁再三繞，輕塵四五移。曲中有深意，丹心君詎知。

奉和月下

雕雲度綺錢，香風入珠網。獨知此夜月，依遲慕

神賞

奉和秋夜長

秋夜長夜長樂未央舞袖拂花燭歌聲繞鳳梁

四色詠

赤如城霞起青如松霧徹黑如幽都雲白如瑶

池雪

奉和纖纖

兩頭纖纖綺上紋半白半黑鷓翔羣膈膈膊膊

鳥迷矄磊磊落落玉石分

奉和代徐

自君之出矣芳蘋與絕瑶卮思君如形影寢興未曾離

并代徐

自君之出矣金爐香不然思君如明燭中宵空自煎

詠梧桐

鸑鳳影層枝輕虹鏡房緑豈數龍門幽直慕瑶池曲

和王中書劉中書

露庭晚翻積風閨夜入多縈蕤似亂蝶拂燭狀

聯蛾

阻雪連句遙贈和　謝文學朓

風庭舞流霰，冰池結文澌。飲春雖以燠，欽賢紛若馳。

江秀才革

珠雲條間響，玉霤閣下垂。桱酒不相接，寸心良共知。

歌

淋池歌（使宫人歌之）　漢昭帝

秋素景兮泛洪波，揮纖手兮折芰荷，涼風凄凄

揚棹歌雲光開曙月低河萬歲爲樂豈云多

黃鵠歌　　昭帝

始元元年黃鵠下太液池上爲歌曰

黃鵠飛兮下建章羽肅肅兮行蹌蹌金爲衣兮菊爲裳唼喋荷荇出入蒹葭自顧菲薄愧爾嘉祥

招商歌　　後漢靈帝

涼風起兮日照渠青荷晝偃葉夜舒惟日不足樂有餘清絲流管歌玉凫千年萬歲喜難踰曲

落葉哀蟬曲　漢武帝

羅袂兮無聲玉墀兮塵生虛房冷而寂寞落葉依於重扃望彼美之女兮安得感余心之未寧

古文苑卷第四

古文苑卷第五

勑

漢高祖手勑太子

吾遭亂世當秦禁學自喜謂讀書無益洎踐祚以來時方省書乃使人知作者之意追思昔所行多不是又云堯舜不以天下與子而與它人此非爲不惜天下但子不中立耳人有好牛馬尚惜況天下耶吾以尔是元子早有立意群臣咸稱汝友四皓吾所不能致而爲汝來爲可任大事也今定汝爲嗣又云吾生不學書但讀書

問字而遂知耳以此故不大工然亦足自辭解
今視汝書猶不如吾汝可勤學習每上疏宜自
書勿使人也又云汝見蕭曹張陳諸公侯吾同
時人倍年於汝者皆拜并語於汝諸弟又云吾
得疾遂困以如意世子相累其餘諸兒皆自足
立哀此兒猶小也

啓

晉明帝啓元帝

臣紹言伏蒙吉日沐頭老壽多宜謹拜表賀表
奋云春正月沐頭至今大垢臭故乃沐尒得啓

知汝孝愛當如今言父子享祿長生也又啓云
沐久勞極不審尊體何如畣云去垢甚佳身不
極勞也

狀

掾臣條屬臣準書佐臣謀弘農太守上祠
西岳乞差一縣賦發復華下十里以內民
租田口筭狀

樊毅

光和二年十二月庚午朔十三日壬午弘農太
守臣毅頓首死罪尚書臣毅頓首頓首死罪死

罪謹按文書臣以去元年十一月到官其十二月奉祠西岳華山省視廟舍及齋衣祭器率皆久遠有垢故魯不修太室春秋示譏臣以神岳至尊宜加恭肅輙遣行事荀班與華陽令先讜以漸繕治成就之後仍雨甘雪瀸潤宿麥惠滋黎庶臣即日以詔書齋祀雪未消澤時日清和神親民喜（親一作歡）誠聖朝勞神日昃廣被四表覆育之德神人被施遐邇大小莫不幸甚臣毅頓首頓首死罪死罪讜又書言縣當孔道加奉尊岳一歲四祠養牲百日常當充肥用穀藁三

千餘斛或有請雨齋禱役費兼倍每被詔書調發無差山高聽下恐近廟小民不堪役賦有飢寒之窘違宗神之敬乞差諸賦役復華下十里以內民租田口業以寵神靈廣祈多福隆中興之祚臣輒聽行盡力奉宣詔書思惟惠利增異復上臣毅誠惶誠恐頓首頓首死罪死罪上尚書

書

詣丞相公孫弘記室書　董仲舒

江都相董仲舒叩頭死罪再拜上言君侯以周

召自然休質擢升（又作拜）三公統理海內總緝百寮未有半言之教郡國翕然望風更思改新以助至治群衆所占必有成功仲舒叩頭死罪仲舒愚戇憨素無治名大漢之檢式數蒙君侯哀憐之恩悞被非任無以稱職仲舒叩頭死罪仲舒竊見宰職任天下之重羣心所歸惟須賢佐以成聖化願君侯大開蕭相國求賢之路廣選舉之門既得其人接以周公下士之義即奇偉隱世異倫之人各思竭愚歸往盛德英俊滿朝百能備具即君侯大立則道德弘通（一作裕）化流四

極仲舒愚陋經術淺薄所識褊陋不能贊揚万分君侯所弃捐竊聞春秋曰賢聖博觀以章其名擇善者從之無所不聽又曰近而不言爲諂遠而不言爲怨故輒披心陳誠仲舒叩頭死罪死罪夫堯舜三王之業皆由仁義爲本仁者所以理一作序人倫也故聖王以爲治首或曰發號出令利天下之民者謂之仁政疾天下之害於人一作心者謂之仁心二者備矣然後海內應以誠惟君侯深觀往古思本仁義至誠而已方今關東五穀咸貴家有飢餓其死傷者半盜賊並

起發亡不止良民被害爲聖主憂咎皆由仲舒等典職防禁無素當先坐仲舒叩頭死罪死罪仲舒至愚以爲扶衰止姦本在吏耳宜一考察天下領民之吏留心署置以明消滅邪枉之迹使百姓各安其産業無有寇盜之患以蠲主憂仲舒叩頭死罪謹奉春秋署置術再拜君侯足下

荅劉歆書

揚雄

雄叩頭賜命謹至又告以田儀事事窮竟白案顯出甚厚甚厚田儀與雄同鄉里幼稚爲鄰長

艾相愛視覬動精采似不爲非者故舉至之雄之任也不意淫迹暴於官朝今舉者懷赧而低眉任者含聲而寃舌知人之德堯猶病諸雄何慙焉叩頭叩頭又勑以殊言十五卷君何由知之謹歸誠底裏不敢違信雄少不師章句亦於五經之訓所不解常聞先代輶軒之使奏籍之書皆藏於周秦之室及其破也遺弃無見之者獨蜀人有嚴君平臨卬林閭翁孺者深好訓詁猶見輶軒之使所奉言翁孺與雄外家牽連之親又君平過誤有以私遇少而與雄也君平財

有千言耳翁孺梗概之法略有翁孺往數歲死
婦蜀郡掌氏子無子而去而雄始能草文先作
縣邸銘王佴頌階闥銘及成都城四堣銘蜀人
有楊莊者爲郎誦之於成帝成帝好之以爲似
相如雄遂以此得外見此數者皆都水君常見
故不復奏雄爲郎之歲自奏少不得學而心好
沈博絕麗之文願不受三歲之奉且休脫直事
之繇得肆心廣意以自克就有詔可不奪奉令
尚書賜筆墨錢六萬得觀書於石渠如是後一
歲成帝作繡補靈節龍骨之銘詩三章成帝好

之遂得盡意故天下上計孝廉及内郡衛率會
者雄常把三寸弱翰齎油素四尺以問其異語
歸即以鉛摘次之於槧二十七歲於今矣而語
言或交錯相反覆方論思詳悉集之燕其疑張
伯松不好雄賦誦之文然亦有以奇之常爲雄
道言其父及其先君喜典訓屬雄以此篇目頗
示其成者伯松曰是縣諸日月不刊之書也又
言恐雄爲太玄經由鼠坻之與牛場也如其用
則實五稼飽邦民否則爲抵糞棄之於道矣而
雄般之伯松與雄獨何德慧而君與雄獨何讃

隙而當匿哉乎其不勞戎馬高車令人君坐幃
幙之中知絶遐異俗之語典流於昆嗣言列於
漢籍誠雄心之所絶極至精之所想遘也扶聖
朝遠照之明使君求此如君之意誠雄散之之
會也死之日則令之榮也不敢有貳不敢有變
少而不以行立於鄉里長而不以功顯於縣官
者訓此於帝籍但言詞情覽翰墨爲士誠欲崇
而就之不可以遺不可以忘即君必欲脅之以
威陵之以武欲令入之於此此又未定未可以
見令君又終之則縊死以從命也而可且寬假

延期必不敢有愛雄之所爲得使君輔貢於明朝則雄無恨何敢有匿唯執事圖之長監所規繡之就死以爲小雄敢行之謹因還使雄叩頭叩頭

遺令書四首　酈炎

維熹平六年冬十二月乃裂裳書白嚴考之神坐炎荷天之罪以致于死殁身弊有知炎之歸覲在旦夕之間耳若其無知將何面目以見靈魂哉其自即安其自愛臣去矣亂矣永滅亡矣

白老母無懷憂懷憂何爲無增悲增悲何施寒必厚衣無炎誰爲母厚衣暑必輕服無炎誰爲母輕服弃炎無念此常厚衣不尤不怨此常輕服矣聖人達於死生賢者力而慕之炎之中心私有所慕每讀漢書楊王孫裸葬班固以爲賢於秦始皇意常壯之然裸以見先人若炎不爲也其布巾取覆頭布衣用蔽形具棺取容身鑿地取容棺若獲罪於衆耶石槨速朽蠲其罪哉堅固不加喪葬無瀆先君之兆域必於瘠确之處而已呼甘陵夫人共居也

白與讓考喪早葬玄讓之等元昆勉之以老母
相累不可使老母無曹也加供養謝嫂以老母
相託若死者復知必使其言不愧嗟哉邈之遺
孤其名曰止戈汝長自爲之寧咨尒止戈汝未
有所識吾謂汝有所識其先見汝耳汝未有所
聞吾猶謂汝耳有所聞而告汝人之喪也非父
則母非昆則弟非姊則妹人之孤也齔齒其少
矣汝之孤也曾未滿兩旬汝無自以爲微弱物
有微弱於汝者乃其長而繁焉后稷弃之寒氷
隘巷矣汝比之猶逸焉於菟之在虎乳極矣汝

比之猶易焉乃終不在乃始在在懼惟生無懼
管蔡之逸厥終乃不逸之易厥終不易言咨嗟
止戈汝能言則讚之頤言汝能行則履我之所
訓剛焉柔焉弱焉強焉學焉愚焉仕焉隱焉懼
汝身之不柔可不厲汝以剛乎懼汝之剛可不
厲以柔乎懼汝之弱可不訓汝以強懼汝之愚
可不昜汝以學懼汝身之可不昜汝以愚乎懼
汝身之隱可不敕汝以仕乎消息汝躬調和汝
體思乃考言念陋考訓必博學以著書以續受
父母久業我十七而作鄙篇二十四而州書矣

二十七而作七平矣其賦誦誄自少爲之苟吾
戒汝尅從祭爲甘苟示試汝克違梁奠爲苦汝
無逸于丘無湎于酒無安于忍事君莫如忠事
親莫如孝朋友莫如信脩身莫如禮汝哉其勉
之下邳衛府君我之諸曹掾督郵濟北甯府君
我由之成就陳留韓府君察我孝廉陳留楊使
辟我右北平從事從事祭酒今我溺于地下思
恩則孤而靡報汝有可以倒戟背戈無孤之矣
陳留蔡伯喈與我初不相見吾仰之猶父不敢
以爲兄彼必愛以爲弟九江盧府君吾父事之

張公裒張子傳幼業王延壽王子衍之朋友也鮮于中優吾先姑之所出也若不足焉汝苟足往而朝覲之汝不敏往從之學焉汝苟往取任焉洛尓止戈吾蔑復有言焉其永覽于此

曹公與楊太尉書論刑楊脩

操白與足下同海内大義足下不遺以賢子見輔比中國雖靖方外未夷今軍征事大百姓騷擾吾制鐘鼓之音主簿宜守而足下賢子恃豪父之勢每不與吾同懷即欲直繩頋頗恨恨謂其能改遂轉寬舒復即宥貸將延足下尊門大

累便令刑之念卿父息之情同此悼楚亦未必非幸也謹贈足下錦裘二領八節角桃杖一枝官絹五百匹錢六十万四望通幰七香車一乘青犉牛二頭八百里驊騮馬一匹赤戎金裝鞍轡十副鈴苞一具驅使二人并遺足下貴室錯綵羅縠裘一領織成韡一量有心青衣二人長奉左右所奉雖薄以表吾意足下便當慨然承納不致往返

楊太尉荅曹公書

彪白雅頌隆篤每蒙接納私自光慰小兒頑鹵

謬見采録不能期効以報所愛方今軍征未暇
其備位匡政當與戮力一心而寬玩自稽將違
法制相子之行莫若其父恒慮小兒必致傾敗
足下恩恕延罪迄今近聞問之日心腸酷裂凡
人情誰能不尓深惟其失用以自釋所惠馬及
雜物自非親舊孰能至斯省覽衆賜益以悲懼

曹公卞夫人與楊太尉夫人袁氏書

卞頓首貴門不遺賢郎輔位每感篤念情在凝
至賢郎盛德熈妙有蓋世文才闔門欽敬實用
無已方今騷擾戎馬屢動主簿股肱近臣征伐

之計事須敬咨官立金鼓之節而聞命違制明公性急忿然在外輒行軍法卞姓當時亦所不知聞之心肝塗地驚愕斷絕悼痛酷楚情自不勝夫人多容即見垂恕故送衣服一籠文絹百匹房子官錦百斤私所乘香車一乘牛一頭誠知微細以達往意望爲承納

楊太尉夫人袁氏荅書

彪袁氏頓首頓首路跂雖近不展淹久歎想之勞情抱山積曹公匡濟天下遐邇以寧四海歸仰莫不感戴小兒疏細謬蒙采拾未有上報果

自招罪戾念之痛楚五内傷裂尊意不遺伏辱惠告見明公與太尉書具知委曲度子之行不過父母小兒違越分應至此憐其始立之年畢命埃土遺育孤幼言之崩潰明公所賜已多又加重賚禮頗非宜荷受輒付往信

對

郊祀對　董仲舒

廷尉臣湯昧死言臣湯承制以郊事問故膠西相仲舒臣仲舒對曰所聞古者天子之德莫重於郊郊常以正月上辛日者所以先百神而最

居前禮三年喪不祭其先而不敢廢郊郊重宗
廟天尊於人也王制曰祭天地之牛角繭栗宗
廟之牛角尺此言德滋美而牲滋微也春秋曰
魯祭周公用白牡色白貴純也帝牲在滌三月
牲貴肥潔而不貪其大也凡養牲之道務在肥
潔而已駒犢未能芻秩之食莫如令食其母便
臣湯謹問仲舒魯周公用白牡非禮也臣仲舒
對曰禮也臣湯問周天子用騂剛群公不毛周
公諸侯何以得純牲臣仲舒對曰武王崩成王
幼而在襁褓之中周公繼文武之業成二聖之

功德漸天地澤被四海故成王之詩曰無德不報故成王使祭周公以白牡上不得與天子同色下有異於諸侯臣仲舒以爲報德之禮臣湯問仲舒天子祭天諸侯祭土魯何緣以祭郊臣仲舒對曰周公傅成王遂及聖功莫大於此周公聖人也有祭於天道成王令魯郊也臣湯問仲舒魯祭周公用白牡其郊何用臣仲舒對曰周色尚赤魯以天子命郊故以騂臣湯問仲舒祠宗廟或以鶩當鳧可用不臣仲舒對曰鶩飛鳧也臣聞孔子入太廟每事問慎之至也陛下

祭躬親齋戒沐浴以承宗廟甚敬謹柰何以皃當鶩鶩當皃名實不相應以承太廟不亦不稱乎臣仲舒愚以爲不可臣犬馬齒衰賜骸骨伏陋巷陛下乃奉使九卿問臣以朝廷之事臣愚陋曾不足以承明詔奉大對臣仲舒冒死以聞

雨雹對

元光元年七月京師雨雹鮑敞問董仲舒曰雹何物也何氣而生之仲舒曰陰氣脅陽氣天地之氣陰陽相半和氣周迴朝夕不息陽德用事則和氣皆陽建巳之月是也故謂之正陽之月

陰德用事則和氣皆陰建亥之月是也故謂正陰之月十月陰雖用事而陰不孤立此月純陰疑於無陽故謂之陽月詩人所謂日月陽止者也四月陽雖用事而陽不獨存此月純陽疑於無陰故亦謂之陰月自十月以後陽氣始生於地下漸冉流散故言息也陰氣轉收故言消也日夜滋生遂至四月純陽用事自四月以後陰氣始生於天上漸冉流散故云息也陽氣轉收故言消也日夜滋生遂至十月純陰用事二月八月陰陽正等無多少也以此推移無有差慝

運動抑揚更相動薄則薫蒿歊蒸而風雨雲霧電雷雪雹生焉氣上薄爲雨下薄爲霧風其噫也雲其氣也雷其相擊之聲也電其相擊之光也二氣之初蒸也若有若無若實若虛若方若圓攢聚相合其體稍重故雨乘虛而墜風多則合速故雨大而疎風少則合遲故雨細而密其寒月則雨凝於上體尚輕微而因風相襲故成雪焉寒有高下上暖下寒則上合爲大雨下凝爲冰霰雪是也雹霰之流也陰氣暴上雨則凝結成雹焉太平之世則風不鳴條開甲散萌而

巳雨不破塊潤葉津莖而已雷不驚人號令啓
發而已電不眩目宣示光耀而已霧不塞望浸
淫被洎而已雪不封條凌殄毒害而已雲則五
色而為慶三色而成矞露則結味而成甘結潤
而成膏此聖人之在上則陰陽和風雨時也政
多紕繆則陰陽不調風發屋雨溢河雪至牛目
雹殺驢馬此皆陰陽相蕩而爲祲沴之妖也敞
曰四月無陰十月無陽何以明陰不孤立陽不
獨存耶仲舒曰陰陽雖異而所資一氣也陽用
事此則氣爲陽陰用事此則氣爲陰陰陽之時

雖異三體常存猶如一鼎之水而未加火純陰
也加火極熱純陽也純陽則無陰氣息火水寒
則更陰矣純陰則無陽加火水熱則更陽矣然
則建巳之月爲純陽不容都無復陰也但是陽
家用事陽氣之極耳薺麥枯由陰殺也建亥之
月爲純陰不容都無復陽也但是陰家用事陰
氣之極耳薺麥始生由陽升也其尤者葶藶死
於盛夏款冬花於嚴寒水極陰而有温泉火至
陽而有涼焰故知陰不得無陽陽不容都無陰
也敞曰冬雨必暖夏雨必涼何也曰冬氣多寒

陽氣自上躋故人得其暘而蒸成雪矣夏氣多
暘陰氣自下昇故人得其涼而上蒸成雨矣敞
曰雨既陰陽相蒸四月純陽十月純陰斯則無
二氣相薄則不雨乎曰然則純陽純陰雖在四
月十月但月中之一日耳敞曰月中何日曰純
陽用事未夏至一日純陰用事未冬至一日朔
旦夏至冬至其正氣也敞曰然則未至一日其
不雨乎曰然頗有之則妖也和氣之中自生災
沴能使陰陽改節暘涼失度敞曰災沴之氣其
常存耶曰無也時生耳猶乎人四支五臟中也

有時及其病也四支五臟皆病也敞遷延負墻俛揖而退

對事　　　　酈炎

客問酈炎曰吳王昌不傳子而傳兄弟四人傳者將以致國乎季札季札不受雖有僚立闔閭之弑春秋猶以不受爲義不煞爲仁而栢譚以夫差喪國咎由季札札不思上放周公之攝位而下慕曹臧之謙讓名巳細矣春秋之趍豈謂尒乎炎曰夫四王之輕命致國乎季子謂其能流慶百世也季子受内有篡煞之亂外致滅亡

之禍雖知絜已之可爲不惟宗廟之絶祀其痛矣問曰周制諸侯父死子繼若札從先私志受非所繼是浮行豈節義之謂與闔閭之欲國蓋緣札之雅意故曰季子雖至不吾廢也令如吾子之云則君子何稱乎炎曰光知季子仁而無權故肆意焉季子不能討是則春秋所譏仁而不武無能達也子之云公羊也公羊不以父命辭王父命以王父命辭父命不以家事辭國政衛輒拒父猶謂之可況以國治墓弑之子乎祭仲行權公羊嘉之去君可以死易生國可以存

易亡季子不然猶何善乎此蓋公羊之失非義之通者也周公誅二叔不爲不仁宋穆受兄國不爲不義君子急病而讓夷故踐明堂朝諸侯非榮其位爲時之急也以季子之才君國子民行化四方與夫勾踐相去幾何若令向時見國危亂慕周公急時之義思先君致國之意攝政持統邁其威德奚翅遷都瑯琊尚征上國朝齊宋鄭魯衛執政之君哉孔子稱可與立道未可與權權反經而善聖之達節者也季子守節之士故非其量度乎問者因又謂炎曰古者聖人

封建諸侯皆云百里取象於雷雷何取也炎曰
易震爲雷亦爲諸侯雷震驚百里炎曰以其數
知之夫陽動爲九其數卌六陰靜爲八其數卌
二震一陽動二陰故曰百里問者稱善

古文苑卷第五

古文苑卷第六

頌

山川頌

董仲舒

山則巃嵸巑嵬嶵巍久不崩阤似夫仁人志士孔子曰山川神祇立寶藏殖器用資曲直合大者可以爲宮室臺榭上者可以爲舟輿浮灉大者無不中小者無不入持斧則斫折鐷則艾生人立禽獸伏死人入多其功而不言是以君子取辟也且積土成山無損也成其高無害也成其大小其上泰其下久長安後世無有去就儼

然獨處唯山之意詩云節彼南山惟石巖巖赫赫師尹民具爾瞻如此之謂也水則源泉混混沄沄晝夜不竭既似力者盈科後行既似持平者循微赴下不遺小閒既似察者循谿谷不迷或奏萬里而必至既似知者鄣防止之能淨淨既似知命者不清而入潔清而出既似善化者赴千仞之壑而不疑既似勇者物皆困於火而水獨勝之既似武者咸得之而生失之而死既似有德者孔子在川上曰逝者如斯夫不舍晝夜此之謂也

車騎將軍竇北征頌　班固

車騎將軍應（一作膺）昭明之上德該文武之妙姿蹈佐歷握輔擈翼肱聖上作主光輝資天心謨神明規卓遠圖幽冥親率戎士巡撫疆城勒邊御之永設奮轒（一作輔）櫓之遠徑閔遐黎之騷狄念荒服之不庭乃總三選簡虎校勒部隊明誓號援謀夫於末言察武毅於俎豆取可杖於品象掇所用於仄陋料資器使采用先務民儀響慕羣英影附羌戎相率東胡爭鶩不召而集未令而諭於是雷震九原電曜高闕金光鏡野武

旗胃蜺衝一作衡鷄鹿超黄磧輕選四縱所從莫敵馳飈疾踵蹊迹探梗莽採巘阨斷温禺分尸逐電激私渠星流霰落名王交手一作贄稽顙請服乃收其鋒鏃干鹵甲冑積象一作彔如丘阜陳閱滿廣野戢載連百兩散數累万億放獲驅孥揣城拔邑擒馘之倡九谷謠謬響聒東夷埃塵戎域然而唱呼欝憤未逞厥願甘平原之酣戰矜訊捷之累筭何則上將崇至仁行凱易弘濃恩降温澤同庖厨之珎饌分裂室之纖帛勞不御輿寒不施襌行無偏勤止無兼役性冡識而

愎戾順貳者異而懦夫奮遂踰涿邪跨復連籍
庭蹈就疆獵崝嵮（一作塡）轔幽山趨凶河臨安侯
軼馬居輿虞衍顧衛霍之遺迹聝伊秩之所邈
師橫鶩軼而㾓御士怫悁以争先回万里而風
騰劉（一作劉）殘寇於沂根糧不賦而師贍役不重
而備軍行戎醜以禮教炘鴻校而昭仁文武炳
其並隆威德兼而兩信清乾鈞之攸冒拓繼略
之所順橐弓鏃而戢戈田雙麾以東運於是封
燕然以降高禮（一作禮）廣鞬以弘矌銘靈陶以勒
崇欽皇祇之祐貺宣惠氣盪殘風軻泰幽嘉凝

陰飛雪讓康其雨洒淋榛枯一握興嘉卉始農土膏含養四行分任於是三軍稱曰疊疊將軍克廣德心光光神武弘昭德音超兮首天潛眇兮與神參

東巡頌　傅毅

伊漢中興三葉於皇維烈允迪厥倫纘王命侑漢興矩坤度以範物規乾則以陶鈞於是考上帝以質中愬列宿於北辰開太微於禁庭延儒林以諮詢于時載華抱實徵尒而造曰盛乎大漢既重雍而襲熈代增其德惟斯岳禮久而不

脩此神人之所慶幸海内之所想思頌有喬山之征典有徂岳之巡時邁其邦人斯攸勤不亦宜哉乃命太僕馴六轡閑路馬戒師徒於是乘輿登天靈之威駱駕太一之象車聘東作之上務闕

天子冠頌　　黄香

以三載之孟春建寅月之上旬皇帝將加玄冠簡甲子之元辰厥日王於大皥厥時叶於百神既臻廟而成禮乃迴軫而反宮正朝服以享宴撞太簇之蕤鍾祚蕃屏而鼎轉既夷裔之君王

咸進酌于金罍獻萬年之玉觴

又東巡頌　蔡邕

竊見巡狩岱宗柴望山虞宗祀明堂上稽帝堯中述世宗遵奉光武禮儀備具是以神明屢應休徵乃降

南巡頌

惟漢再受命爰葉一十協景和則天經郊高宗光六幽通神明既禘祖於西郊又將祫於南庭是時聖上運天官之法駕建日月之旃旌

太廟頌　王粲

思皇烈祖時邁其德肇啓洪源貽燕我則我休
厥成聿先厥道丕明丕欽允時祖考
綏庶邦和四宇九功備彛樂序建崇牙設璧羽
八佾奏八音舉昭大孝衍妣祖念武功收純祐
於穆清廟翼翼休徵祁祁髦士厥德允升懷想
成位咸奔在宮無思不若允觀厥崇
述

魏受命述　邯鄲淳

臣聞雅頌作於盛德典謨興於茂功德盛功茂
傳序弗忘是故竹帛以載之金石以聲之垂諸

來世萬載彌光陛下以聖德應期龍飛在位其有天下也恭巳以受天子之籍無爲而四海順風若乃天地顯應休徵祥瑞以表聖德者不可勝載鑠乎煥顯真神明之所以祚命世之令主也凡自能言之類莫不謳嘆於野執筆之徒咸竭文思獻詩上頌臣抱疾伏蓐作書一篇欲謂之頌則不能雍容盛懿列伸玄妙欲謂之賦又不能敷演洪烈光揚緝熈故思竭愚稱受命述

曰

伊上天闡載自民主肇建歷聽風聲陶唐爲盛

虞夏受終殷周革命有禪而帝有代而王禪代
雖殊小大縣同於是以漢歷在魏亦運歸黄也
是故大魏之業皇耀震霆肅清宇内萬邦有截
帥義翼漢奉禮不越旅力戮心茂亮洪烈樹深
根以厚基播醇澤以釀味含光而弗輝戢翼而
弗發將俟聖嗣是遂是達聖嗣承統爰宣重光
陳錫裕下民悦無疆三神宣釐四靈順方元龜
介玉應龍粹黄若云魏德據兹以昌尔乃鳴玉
陟壇三揖以俟既受休命龍旋鳳峙煌煌厥輝
穆穆容止臨下有赫允也天子既受帝位納璽

要綏太常司燎升炮告類珪璋峨峨髦士棣棣蹌蹌聖躬御策以莅巍巍乎崇功顯顯乎德容信帝位之壯業天休之所鍾也于時天地交和日月光精氣祲不作風塵弭清凡在壇場之位舉目乎廣庭莫不君臣和德咸玉色而金聲屢省萬幾謀訪老成治詠儒墨策納公卿昧旦孜孜夕惕乾乾務在諧萬國叙彛倫而折不若懷遠人混六合之風納乎仁壽之門刑錯靡試偃伯靡軍然後乃勒功代嶽升中上玄斯固我皇之大摹思心之所存也

贊

焦君贊　　蔡邕

猗歟焦君常此玄墨衡門之下棲遲偃息泌之洋洋樂以忘食鶴鳴九皋音亮帝側迺徵迺用將受衮職昊天不吊賢人遘慝不惟一志并此四國如何穹蒼不詔斯或惜哉朝廷喪茲舊德恨以學士將何法則

尼父贊　　張超

巖巖孔聖異代稱傑景合乾坤明參日月

正考父贊　　王粲

恂恂正父應德孔盛身爲國卿族則公姓年在耆耋三葉聞政誰能不怠申兹約敬饘粥予口傴僂受命名書金鼎祚及後聖

銘

高祖沛泗水亭碑銘　班固

皇皇聖漢兆自沛豐乾降著符精感赤龍承䀎一作魁又作累流裔襲唐末風寸木尺土無竢斯亭建號宣基維以沛公揚威斬蛇金精摧傷涉關陵郊係獲秦王應作鴻門造勢斗壁納忠天期乘祚受爵漢中勒陳東征剟擒三秦靈神威佑洪

溝是秉漢軍改歌楚衆易心誅項討羽諸夏以

康陳張畫策蕭勃翼終出爵褒賢列土封功炎

火之德彌光以明源清流潔本盛末榮一作長叙

將十八賛述股肱休勛顯祚永永無疆國寧家

安我君是升根生葉茂舊邑是象於皇舊亭苗

嗣是承天之福祐万年是興

十八侯銘

躭躭相國弘策不追御國維綱秉統樞機文昌

四友漢有蕭何序功第一受封于鄼

鄼侯蕭何第一

虓虓將軍威蓋不當操盾千鈞拔主項堂漢興
破楚矯矯忠良卒爲丞相帝室以康

將軍舞陽侯樊噲第二

赫赫將軍受兵黃石規圖勝負不出帷幄命惠
瞻仰安全正朔國師是封光榮舊宅

將軍留侯張良第三

懿懿太尉惇厚朴誠輔翼受命應節御營歷位
卿相土國兼并見危致命社稷以寧

太尉絳侯周勃第四

蹇蹇相國允忠克誠臨危處險安而匡傾興代

之際濟主立名身履覆國土秉御乾楨
將軍平陽侯曹參第五
洋洋丞相勢譎師旅擾攘楚魏爲漢謀主六奇
解厄揚名于後
丞相户牖侯陳平第六
堂堂張敖耳之遺萌以誠佐國序跡建忠功成
德立襲封南宮垂號万春一作朞永保無疆
南宮侯張敖第七
衎衎衛尉德行循規遭兵食骸隕歿於齊横耻
愧景刎頸自獻金紫褒表万世不刊

衛尉曲陽侯酈商第八
煌煌將軍輔漢夂長威震吕氏姦惡不揚寇震殄盡躬迎代王功顯帝室万世益章
將軍潁陽侯灌嬰第九
斌斌將軍鷹武是揚内康王室外鎮四方諸夏乂安流及要荒聲騁海内苗嗣紀功
將軍汝陰侯夏侯嬰第十
休休將軍如虎如羆御師勒陳破敵以威靈金曜楚火流烏飛將命伏節功績永垂
將軍陽陵侯傅寬第十一

斤斤將軍忠信孔雅出身六師十二四旅折衝
扞難遂寧天下金龜章德建號傳後

將軍信武侯靳歙第十二

明明丞相天德庭直剛德正行不枉不曲功業
成著榮顯食邑距呂奉主昭然不惑

丞相安國侯王陵第十三

桓桓將軍輔主克征奉使（元空）壁身㴋（作涉）項營序
功差德履讓以平轉北而遊雲中以傾（逝一作游）

將軍襄平侯韓信第十四

巖巖將軍帶武佩威御雄秉險難困不違仇滅

主定四海是栢功成食土德被遐邇

將軍棘津侯陳武第十五

晏晏曲成輿從龍騰安危從主赤一作亦曜以升

赫赫皇皇道彌光明惟德御國流及後萌騰一作勝

曲成侯蟲達第十六

肅肅御史以武以文相趙距呂志安君身銜詣

行所如意不全天秩邑土勛乃永存

御史大夫汾陰侯周昌第十七

邑邑將軍育養烝徒建謀正直行不匡邪入軍

討敵項定天都佩雀雙印百里爲家匡一作匩

將軍青陽侯王吸第十八

車銘　馮衍

乘車必護輪治國必愛民車無輪安處國無民誰與

車左銘　傅毅

虞氏作車取象機衡君子建左【空元】天之陽正位受綏車不内顧塵不出軌鸞以節步彼言不疾彼指不躬玄覽于道永思厥中

車右銘

擇御卜右採德用良詢納耆老于我是匡惟賢

是師惟道是式箴闕旅賁內頎自勑匪望其度匪愆其則越戒敦約禮以華國

車後銘

敬其在路體貌思恭望衡頎轂允慎茲容無或好失（音逸）匪盤于遊頎省厥遺虎尾斯求眗德塞違抑盈以無雝有三晉咸然若虛

仲山父鼎銘

鼎耳革其行塞雉膏不食方雨虧悔終吉有福足勝其任公餗乃珍於高思危在滿戒溢可以永年天之大律

樽銘

惟歲之元朝賀奉樽金罍犧象嘉禮具存獻酬交錯万国咸歡

禨銘

機衡建子万物含滋黄鍾育化以養元基長履長福至于億年皇靈既祐祉禄來臻本枝百世子子孫孫

孟津銘　李充

洋洋河水赴宗于海經自中州龍圖所在黄函白神赤符以信昔在周武集會孟津魚入王舟

乃往克卯

井銘

井之所向寒泉洌清法律取象不槩自平多取
不損少汲不盈執憲若斯何有邪傾

小車銘

圓蓋象天方軫則地輪法陰陽動不相離

漏刻銘

昔在先聖配天垂則仰釐七曜俯空元坤德乃建
日官俾立漏刻昬明既序景曜不忒唐命羲和
敬授人時懸象著明序以崇熙季末不虔德衰

于茲挈壺失職刺流在詩

警枕銘　　　蔡邕

應龍蟠雲蟄潛德保靈制器象物示有形哲人
降鑒居安聞傾

樽銘

酒以成禮弗愆以淫德將無醉過則荒沉盈而
不冲古人所箴尚鑒茲器茂勗厥心

延賓鍾銘　　　王粲

有魏匡國成功允章格于上下光于四方休徵
時序人悅時康造茲衡鍾有命自皇三以紀之

六以平之厥量孔嘉厥齊孔時音聲和協人德
同熙聽之無斁用以啓期

古文苑卷第六

古文苑卷第七

箴

百官箴

初揚雄依虞箴作十二州二十五官箴其九箴亡闕後崔駰及子瑗又臨邑侯劉騊駼增補十六篇胡廣復繼作四篇文甚典美乃悉撰次自爲之解釋名曰百官箴凡四十八篇

冀州牧箴

洋洋冀州鴻原大陸岳陽是都島夷皮服潺湲河流夾以碣石三后攸降列爲侯伯降周之末

趙魏是宅冀土糜沸炫沄如湯更盛更衰載從載横陪臣擅命天王是替趙魏相反秦拾其弊北築長城恢夏之場漢興定制跤封藩王仰覽前世厥力孔多初安如山後崩如崖故治不忘亂安不遺危周宗自怙云焉有子隳六國奮矯果絶其維牧臣司冀敢告在階

兖州牧箴

悠悠濟河兖州之寓九河既導雷夏攸處草繇木條漆絲絺紵濟漯既通降丘宅土成湯五徙卒都于亳盤庚北渡牧野是宅丁感雊雉祖巳

伊忠爰正厥事遂緒高宗厥後陵遅顛覆湯緒
西伯戡黎祖伊奔走致天威命不恐不震婦言
是用牝雞是晨三仁既知武果戎毄牧野之禽
豈復能耽甲子之朝豈能復笑有國雖久必畏
天咎有民雖長必懼人殃箕子歔欷厥居爲墟
牧臣司兖敢告執書

青州牧箴

茫茫青州海岱是極鹽鐵之地鉛松怪石群水
攸歸萊夷作牧貢篚以時莫怠莫違昔在文武
封吕於齊厥土塗泥在丘之營五侯九伯是討

是征馬殆其銜御失其度周室荒亂小白以覇
諸侯僉服復尊京師小白既没周卒凌遲嗟茲
天王附命下土失其法度喪其文武牧臣司青
敢告執矩

徐州牧箴

海岱伊淮東海是渚徐州之土邑于蕃宇大野
既潴有羽有蒙孤桐蠙珠泗沂攸同實列藩蔽
侯衛東方民好農蠶大野以康帝癸及辛不祗
不恪沈湎于酒而忘其東作天命湯武勦絕其
緒祚降周任姜鎮于瑯琊姜姓絕苗田氏攸都

事由細微不慮不圖禍如丘山本在萌牙牧臣
司徐敢告僕夫

楊州牧箴

矯矯楊州江漢之滸彭蠡既豬陽鳥攸處橘柚
羽貝瑤琨篠簜閩越北垠沅湘攸往獷一作獷獷矣
淮夷蠢蠢荊蠻翩彼昭王南征不旋人咸躓於
垤莫躓於山咸跌於污莫跌於川明哲不云我
昭童蒙不云我昏湯武聖而師伊呂桀紂悖而
誅逢干蓋邇不可不察遠不可不親靡有孝而
逆父罔有義而忘君太伯遜位基吳紹類夫差

一誤太伯無祚周室不匡勾踐入覇當周之隆越裳重譯春秋之末侯甸叛逆元首不可不思股肱不可不慈（一作孳）堯崇（一作勤）屢省舜盛欽謀牧臣司楊敢告執籌

詩

荊州牧箴

杳杳（一作幽幽）巫山在荊之陽江漢朝宗其流湯湯夏君（一作后）遭鴻荊衡是調雲夢塗浞包匭菁茅金玉砥礪象齒元龜貢篚百物世世以饒戰戰慄慄至桀荒溢曰我在帝位若天有日不順（一作慎）庶國孰敢余奪亦有成湯果秉其鉞放之南

巢號之以桀南巢荏荏包（一作多）楚與荆風慓以悍氣銳以剛有道後服無道先強世雖安平無敢逸豫牧臣司荆敢告執御

豫州牧箴

郁郁荆河伊雒是經滎播（一作波）枲漆惟用（一作周）攸成田田相拏廬廬相距夏殷不都成周攸處豫野所居爰在鶉墟四隩咸宅寓內莫如陪臣執命不憲不圖王室陵遲喪其爪牙靡哲靡聖捎（一作稍）失其正方伯不維韓卒擅命文武孔純至厲作昏成康孔寧至幽作傾故有天下者毋

曰我大莫或余敗毋曰我強靡克余亡夏宅九州至于季世放于南巢成康太平降及周微帶蔽屏營屏營不起施于孫子王赦爲極實絶周祀牧臣司豫敢告柱史

益州牧箴一作梁州

巖巖岷山古曰梁州華陽西極黑水南流茫茫洪波鮌堙降陸于時八都厥民不隩禹導江沱岷嶓啓乾遠近底貢磬錯砮丹絲麻條暢有粳有稻自京徂畛民攸温飽帝有桀紂湎沉頗僻遏絶苗民滅夏殷績爰周受命復古之常幽厲

夷業破絶爲荒秦作無道三方潰叛義兵征暴遂國于漢拓開疆宇恢梁之野列爲十二光羨虞夏牧臣司梁是職是圖經營盛衰敢告士夫

雍州牧箴

黑水西河横截一作厲崑崙邪指閶闔畫爲雍垠上侵積石下礙龍門自彼互羌莫敢不來庭莫敢不來臣每在季主常失厥緒侯紀不貢荒侵其寓陵遲衰微秦據以戾興兵山東六國顛沛上帝不寧命漢作京隴山以徂列爲西荒南排勁越北啓彊胡并連屬國一護攸都盖安不忘

危盛不諱衰牧臣司雍敢告贅衣

幽州牧箴

蕩蕩平川惟冀之別北阨幽都戎夏交偪伊昔唐虞實爲平陸周末荐臻（一作至秦）廹于獯鬻晉溺其陪周使不阻六國擅權燕趙本都東限穢貊羨及東胡彊秦北排蒙公城壃大漢初分介狄之荒元戎屢征如風之騰義兵涉漠偃我邊萌既定且康復古虞唐盛不可不圖衰不可不忘隄潰蟻穴器漏箴芒牧臣司幽敢告侍傍

并州牧箴

雍別朔方河水悠悠北辟獯鬻南界涇流畫茲朔土正直幽方自昔何爲莫敢不來貢莫敢不來王周穆遐征犬戎不享爰貊一作藐伊德侵玩上國宣王命將攘之涇北宗周罔職日用爽蹉既不俎豆又不干戈犬戎作亂斃于驪阿太上曜德其次曜兵德兵俱顛靡不悴荒牧臣司并敢告執綱

交州牧箴

交州荒裔水與天際越裳是南荒國之外爰自開闢不羈一作馽不絆周公攝祚白雉是獻昭王

陵遲周室是亂越裳絶貢荆楚逆叛四國内侵蠶食周宗臻于季赧遂以滅亡大漢受命中國兼該南海之宇聖武是恢稍稍受羈遂臻黄支杭海三萬來牽其犀盛不可不憂隆不可不懼顛瞻陵遲而忘其規摹亡國多逸（一作多易）豫而存國多難泉竭中虚池竭瀕乾牧臣司交敢告執憲

光禄勳箴　　揚雄

經兆宫室畫爲中外廊殿門闥限以禁界國有周衛民有蕃籬各有攸保守以不岐昔在夏殷

桀紂淫湎特牛之飲門户荒亂郎雖執戟謁者
參差殿中成市或鼓或鞞忘其廊廟而聚夫逋
逃四方多罪載號載呶内不可不省外不可不
清德人立朝議士充庭禄臣司光敢告執經

衛尉箴

茫茫上天崇高其居設置山險畫爲防禦重垠一作限累垓以難不律闞爲城衛以待暴卒國以
有固民一作人以有内各保其守永修不敗維昔
庶僚官得其人荷戈而歌中外以堅齊桓怵惕
宿衛不飭一作勑門非其人户廢其職曹子摽劍

標一作操遂成其詐輌挾匕首而衛人不寤二世妄宿敗於望夷閻樂矯搜戟者不誰尉臣司衛敢告執維

太僕箴

肅肅太僕車馬是供鏘鏘和鸞駕彼時龍昔在上帝巡狩四宅王用三驅前禽是射紂作不令武王征殷檀車孔夏四騵孔昕僕夫執韁載騂載駰我輿云安我馬惟閑雖馳雖驅匪逸匪慾昔有一作在淫羿馳騁忘歸景公千駟而淫於齊詩好牡馬牧於駉野輦車就牧而詩人與魯廐

焚問人仲尼厚醜孟子盖惡夫廐多肥馬而野有餓殍僕臣司駕敢告執皂

廷尉箴

天降五刑惟夏之績亂茲平民不回不辟昔在蚩尤爰作淫刑延于苗民夏氏（一作天下）不寧穆王耄荒甫侯伊謀五刑訓天周以阜基厥後凌遲上帝不觚周輕其制秦繁其辜五刑紛紛靡過靡止寇賊滿山刑者半道昔唐虞象刑天民是全紂作炮烙墜民于淵故有國者無云何謂是刖是劓無云何害是剥是剖（一作割）惟虐惟殺人

莫予桼殷以刑顛秦以酷敗獄臣司理敢告執謁

大鴻臚箴

蕩蕩唐虞經通垓極陶陶百王天工人力畫爲上下羅（一作該羅）條百職人有材能寮有級差遷能授官各有攸宜主以不廢官以不隳昔在三代二季不蠲穢德慢道署非其人人失其材職反其官宗寮荒耄國政如漫文不可武武不可文大小上下不可奪倫鴻臣司爵敢告在隣

宗正箴

巍巍帝堯欽親九族經哲宗伯禮有攸訓屬有攸籍各有育又裔子世又代以不錯昔在夏時少康不恭有仍二女五子家降晉獻悖統宋宣亂序齊桓不倚而忘其宗緒周譏戎女魯喜子同高作秦祟而扶蘇被凶宗廟荒墟鬼靈靡附伯臣司宗敢告執主

大司農箴

時惟大農爰司金穀自京徂荒粒民是斛肇自厥初實施惟食厥僚后稷有無遷易實均實贏惟都作程旁求衣食厥民攸生上稽二帝下閱

三王什一而征爲民作常遠近貢篚百姓一作曰則不忘帝王之盛咸在農殖季周爛漫而東作不勑膏腴不穫庶物並荒府藏一作庫單虛靡積靡倉一作靡積倉粮陵遲衰微姫卒以瘁秦妝太半二世不瘳泣血之末海內無聊農臣司均敢告執繇

少府箴

實實少府奉養是供紀經九品臣子攸同海內弊祭祁祁如雲家有孝子官有忠臣共僚率舊聖則越遵民以不擾國以不煩昔在帝季癸辛之世酒池糟隄而象箸以噬至於躭樂流湎而

妲末作祟共寮不御不恢夏殷喪其國康而卒以陵遲嗜不可不察欲不可不圖未嘗失之於約常失於奢府臣司共敢告執觚

執金吾箴

温温唐虞重襲純孰經表九德張設武官以御寇賊如虎有牙如鷹有爪國以自固獸以自保牙爪蔥蔥動作宜時用之不理實反生災秦政暴戾播其威虐亡其仁義而思其殘酷猛不可重任威不可獨行堯咨虞舜惟思是尚吾臣司金敢告執璜

將作大匠箴

侃侃將作經構宮室墻以禦風宇以蔽日寒暑攸除鳥鼠攸去王有宮殿民有宅居昔在帝世茅茨土階夏卑宮觀在彼溝洫桀作瑤臺紂爲琁（一作璇）室人力不堪而帝業不卒詩詠宣王由儉改奢觀豐上六大屋小家春秋譏刺書彼泉臺兩觀雉門而魯以不恢或作長府而閔子不仁秦築驪阿嬴姓以顛故人君無云我貴榱題是遂毋云我富淫作極遊在彼墻屋而忘其國戮作臣司匠敢告執猷

太常箴

崔駰（一作揚雄）

翼翼太常，寔爲宗伯。穆穆靈祇，寢廟奕奕。稱秩元祀，班于群神。我祀既祗，我粢孔蠲。匪愆（一作僁）匪忒，公尸（又君子）攸宜。弗祈弗求，惟德之報。不矯不誣，庶無罪悔。昔在成湯，葛爲不吊。棄禮慢祖，夔子不祀。楚師是虜，魯人躋僖。臧文不悟，文隳太室。桓納郜賂，灾降二宮。用譖不祧，故聖人在位。無曰我貴，慢行繁祭。無曰我材，輕身恃巫。東鄰之犧牛，不如西鄰之麦魚。黍稷望爽，隱甕鍾巫（又虡）。常臣司宗，敢告執書。

太尉箴　　崔駰

天官冢宰庶僚之師師錫有帝命虞作尉爰叶台極爰平國域制軍詰禁王旅惟式九州用綏群公咸治干戈載戢宿纒其紀上之云據下之云戴苟非其人斁我帝載昔周人思文公而召南詠甘棠昆吾隆夏伊摯盛商季世頗僻禮用不匡無曰我强莫余敢喪無曰我大輕戰好殺紂師百萬卒以不艾宰臣司馬敢告在際

河南尹箴

茫茫天區畫兾爲京商邑翼翼四方是營唐虞

商周河洛是居成王郟鄏以處鶉墟諸夏勁強是從是横徹我墉屋而師尹不匡覇奪其權宗器以分圖籍遷齊九鼎入秦後亡

尚書箴　崔瑗一作楊雄

皇皇聖哲允勑百工命作齋慄龍爲納言是機是密出入朕命王之喉舌獻善宣美而讒說是折我視云明我聽云聰載夙載夜惟允惟恭故君子在室出言如風動於民人漁其大號而萬國平信春秋譏漏言易稱不密則失臣允吉其和巽吝其頻書稱其明申申厥鄰昔秦尚權詐官

非其人符璽竊發而扶蘇隕身一姦愆命七廟爲墟威福同門牀上維辜書臣司命敢告侍隅

博士箴

洋洋三代典禮是脩畫爲辟雍國有學校侯有泮宮各有攸教德用不陵昔在文王經啓其軌勗于德音而思皇多士多士作楨惟周以寧國人興讓虞芮質成公劉挹行潦洒濁亂斯清官操其業士執其經昔聖人之綏俗莫美於施化故孔子觀夫太學而知爲王之易易大舜南面無爲而衽席平還師階級之（一本無級之二字）間三

苗以懷秦作無道斬決天紀漫彼王迹而坑夫術士詩書是泯家言是守俎豆不陳而顛其社稷故仲尼不對問陳而瑚一作胡益一作簋是遵一作道原伯非學而閔子知周之不振儒臣司典敢告在賔

東觀箴

洋洋東觀古之史官三墳五典靡義不貫左書君行右記其言辛尹顧訪文武明宣倚相見寶荆國以安何以季世咆哮不虔在強奮矯而戮彼逄干衛巫監謗國莫敢言狐突見斥淖齒見殘焚文坑儒嬴氏反為漢巫蠱之毒殘者數萬嗟嗟

後王曷不斯鑒是以明哲先識擇木而處夏終
盼摯周聃晉黍或笑或泣抱籍遁走三葉靖公
果喪厥緒宗廟隨夷遠之荆楚麦秀之歌億載
不腐史臣司藝敢告侍後

關都尉箴

茫茫九州規爲關津唐堯積德三代脩仁越季
不軌爰失厥人聖賢不用頑嚚是親漢濆武關
項破函谷秦王子嬰縊爲禽僕尉臣司關敢告
並轂

河隄謁者箴

伊昔鴻泉，浩浩滔天。有夏作空，爰奠山川。導河積石，鑿于龍門。疏爲砥柱，率彼河滸。大陸既礙，播于北野。濟漯咸順，沂泗從流。江淮湯湯，而冀宅乃州。澮菑濊濊，東歸於海。九野孔安，四隩不殆。爰及周衰，夏績陵遲。導非其導，堙非其堙。八野填淤，水高民居。溢溢滂汩，屢決金隄。瓠子潺湲，宣房作歌。使臣司水，敢告執河。

郡太守箴

有嬴驅除，焚典紀舊。蕩滅蕃畿，罷侯置守。秦發閭左，陳涉奮威。楚築乾谿，靈王不歸。征遐由近

可不肅祗守臣司境敢告執機

北軍中候箴

赫赫將帥典揔虎臣鷹揚旅武闞然奮震贅衣近侍常伯之人怒如熊力角馬任空元操兵左右百夫衛賓昔在高祖草創伊神鴻門之會職多未陳或有劔舞賴有傾身孔丘歷堦文武定中以人士拜齊無其臣秦政東遊大盜輩群期門不設施巧銑騎在不脩負故圖遠秉機事有殷勤殷勤在親親無常人忽情懈怠禍慢及君憲臣司武敢告執軍

侍中箴

皇矣聖上神居天一作其處勤求俊良是弼是輔匪懈于位庶工以序昔在周文創德西鄰昴聞上帝賴兹四臣辛尹是訪八虞是詢濟濟多士乂用有勳文公欽若越興周道亦惟先正克慎左右常伯常任寔爲政首降及厲王不祗不恪暱彼宗夷用肆其虐惟敗天命寇賊一作戎並作圮墜宗緒寢廟靡託無曰我賢不選至親無曰我任妄用嬖人籍閎飾顔穢我神武鄧通擅鑄不終厥後中書竊命石弘作禍高安斷袂哀用

無主侍臣司中敢告執矩

司隸校尉箴

煌煌古制分劃五服翼翼封畿四方之極牧監臣設是謂王國大漢通變崇弘簡易吞舟之網以濟難阨自時厥後或慢或遲綉衣四出禍起宮闈江充作亂辱于戾園率隸掘蠱以詰其姦既定既寧爰遂其官俾督京甸時惟鷹鸇必正必式國之司直乃回乃邪寔爲讒慝毀於貞賢悔其何及昔唐虞晏晏庶績以熙嬴氏慘慘怨毒用滋是故履上位者無云我貴茍任激訐平

陽玄默以式百辟畫一之歌豈猶遐遡使臣司
隸敢告執役

城門校尉箴　楊雄

幽幽山川徑塞九路盤石唐芸龒險重固國有
城溝家有柝柜各有攸堅民以不虞德懷其内
險難其外王公設險而承以盤蓋昔在上世有
殷有夏癸辛不德而設夫險阻湯武爰征而莫
遏莫禦作君之危不可德少而城溝伊保不可
德希而城溝是依唐虞長德而四海永懷秦恢
長城而天下畔乖尉臣司城敢告侍階

上林苑令箴

茫茫大田芃芃作穀山有徑陸野有林麓夷原汙藪禽獸攸伏魚鱉以時蒭蕘咸殖國以殷富民以家給昔在帝羿共田徑游弧矢是尚而射夫封豬不顧於愆卒遇後憂是以田獲三驅不可過差麀鹿攸伏不如德至衡臣司虞敢告執指

司空箴 一作崔駰作

善彼坤靈侔天作則分制五服劃爲萬國乃立地官空惟是職茫茫九州都鄙盈區綱以群牧

綴以方侯烈烈雋乂翼翼王臣臣當其官官宜其人九一之政七賦以均昔在季葉班禄遺賢掊克充朝而象恭滔天匪人斯力匪政斯劾流貨帀寵而苞苴是鬻王路斯浮孰不傾覆官臣司士敢告在側

司徒箴

崔駰

天鑒在下仁德是興乃立司徒亂茲黎烝茫茫庶域率土祁祁人具爾瞻四方是維乾乾夕惕靡怠靡違敬敷五教九德咸事嗇人用章黔甿是富無曰余恃忘予爾輔無曰余聖以忽執政

匪用其良乃荒厥命庶績不怡疚于爾禄豐其
折股而鼎覆其餗書歌股肱詩刺南山尹氏不
堪國度斯僭徒臣司衆敢告執藩

大理箴

邈矣臯陶翊唐作士設爲犴狴九州允理如石
之平如淵之清三槐九棘以賢以聽罪人斯殛
凶旅斯并熈乂帝載旁施作明昔在仲尼哀矜
聖人子罕禮刑衛人釋鄭釋之其忠勳亮孝文
于公哀寡定國廣門夐矣邈矣舊訓不遵主慢
臣驕詹用其民賞以崇欲刑以肆忿紂作炮烙

周人滅殷夏用淫刑湯誓其軍衛鞅酷烈卒殞
于秦不疑加害禍不反身嗟兹大理慎于爾官
賞不可不思斷不可不虞或有忠能被害或有
孝而見殘吴沈伍胥殷剖比干莫遂爾情是截
是刑無遂爾志以速以殛天鑒在顔無細不録
福善災惡其傚甚速理臣司律敢告執獄

尚書箴

龍作納言帝命惟允山甫翼周實司喉吻赫赫
禁臺萬邦所庭無曰我平而慢爾衡無曰我審
而怠爾明四岳阿鯀績用不成虞登八凱五教

聿清舉以無私乃忝服榮正直是與伊道之經先人匪懈永世流聲君子下問敢告侍庭

諫大夫箴　崔寔附

於昭上帝迪茲既哲匪于水鑒惟人是察處有誦訓出有旅賁木鐸之求爰納遒人各有攸訊政以不紛昔在大禹拜承昌言癸辛暴戾虐及于天逢于周厲慢德不蠲喣喣胥讒人謗乃作不顧厥愆是討是格庶類不堪流之彘宅防人之口譬諸防川豈不速止潰乃潺湲潺湲尚塞言擁爲賊默默之患用顛厥國諫臣司議敢告

有翼

古文苑卷第七

古文苑卷第八

雜文

僮約　王褒

蜀郡王子淵以事到煎上寡婦楊惠舍有一奴名便了倩行酤酒便了捍大杖上冢巔曰大夫買便了時只約守冢不約爲他家男子酤酒子淵大怒曰奴寧欲賣耶惠曰奴父許人人無欲者子即決賣券之奴復曰欲使皆上不上券便了不能爲也子淵曰諾券文曰神爵三年正月十五日資中男子王子淵從成都安志里女子

楊惠買夫時戶下髯奴便了決賣萬五千奴從百役使不得有二言晨起早（一作洒）掃食了洗滌居當穿臼縛帚裁盂鑿井浚渠縛落鉏園研陌杜埤（音明）地刻大枷屈竹作把削治鹿盧出入不得騎馬載（一作乘）車踑坐大呶下牀振頭垂釣刈芻結葦臘纑沃不酪住䣞（音徂）醭（音摸）織履作麄黏雀張鳥（一作烏）結網捕魚繳鴈彈鳧登山射鹿入水捕龜浚園縱魚鴈鶩百餘驅逐鴟鳥持梢牧猪種薑養羊長育豚駒糞除常潔餧食（音自）馬牛皷四起坐夜半益芻二月春分被隄杜疆落桑

皮椶種瓜作（昨音）瓠別茄披蔥焚槎發等龍集破
封曰中早蕢（復音）雞鳴起舂調治馬驢兼落三重
舍中有客提壺行酤汲水作餔（哺音）滌柸整桉園
中拔蒜斲蘇切脯築肉臛芋膾魚炰鱉烹茶盡
具餔已蓋藏關門塞竇餧豬縱犬勿與隣里爭
鬭奴但當飲豆水不得嗜酒欲飲美酒唯得染
脣漬口不得傾盂覆斗不得辰出夜入交關伴
偶舍後有樹當裁作船上至江州下到煎主為
府掾求用錢推紡惡敗撥索綿亭買席往來都
洛當為婦女求脂澤販於小市歸都擔枲轉出

旁蹉牽犬販（一作放）鵝武陽買茶楊氏池中擔荷
往來市聚慎護姦偷入市不得夷蹲旁卧惡言
醜罵多作刀弓持入益州貨易牛羊奴自交精
惠不得癡愚持斧入山斷輮裁轅若殘當作俎
机木屐及彘（一作雉）盤焚薪作炭石壘（力罪切）薄岸
治舍蓋屋書削代牘日暮以歸當送乾薪兩三
東四月當披五月當穫十月收豆多取蒲苧（紵音）
益作繩索雨墮無所爲當編蔣（一作漿）織箔植種
桃李梨柿柘桑三丈一樹八赤爲行果類相從
縱橫相當果熟收斂不得吮嘗犬吠當起驚告

隣里帳門柱户上樓擊鼓椅盾曳釾還落三周
勤心疾作不得遨遊奴老力索種莞織薦事訖
欲休當春一石夜半無事浣衣當白若有私斂
主給賓客奴不得有姦私事事當閒白奴不聽
教當笞一百讀券文徧訖詞窮咋索仡仡扣頭
兩手自搏目淚下落鼻涕長一尺當如王大夫
言不如早歸黃土陌蚯蚓鑽額早知當尓王大
夫酤酒真不敢作惡（張說云此文相傳多誤）

奕旨　　班固

大冠言博既終或進而問之曰孔子稱有博奕

今博行於世而奕獨絕博義既弘奕義不述問之論家師不能說其聲可聞乎曰學不廣博無以應客北方之人謂棊爲奕弘而說之舉其大略決義深矣局必方正象地則也道必正直神明德也棊有白黑陰陽分也駢羅布列效天文也四象既陳行之在人盖王政也成敗臧否爲仁由己危之正也夫博懸於投不專在行優者有不遇劣者有僥倖踦拏相凌氣勢力爭雖有雄雌未足以爲平也至於奕則不然高下相推人有等級若孔氏之門回賜相服循名責實謀

以計策若唐虞之朝考功黜陟器用有常施設無析（一作所）因敵爲資應時屈伸續之不復變化日新或虛設豫置以自護衛盖象庖羲罔罟之制隄防周起障塞漏決有似夏后治水之勢一孔有闕壞穨不振有似瓠子氾濫之敗一棊破窒亡地復還曹子之威作伏設詐突圍橫行田單之奇要厄相刼割地取賞蘇張之姿固本自廣敵人恐懼三分有二釋而不誅周文之德知者之慮也既有過失能量弱強逡巡需行保角休旁却自補續雖敗不亡繆公之智中庸之方

上有天地之象次有帝王之治中有五霸之權下有戰國之事覽其得失古今略備及其晏也至於發憤忘食樂以忘憂推而高之仲尼撫也樂而不淫哀而不傷質之詩書關雎類也紕專知柔陰陽代至施之養性彭祖氣也外若無爲默而識淨泊自守以道意隱居放言遠咎悔行象虞仲信可喜感乎大冠論未備故因問者喻其事

篆勢　蔡邕

體有六篆巧妙入神或龜文或比龍鱗紆體

放尾長翅短身揚波震激鷹跱鳥震延頸脅翼勢似淩雲

青髯奴辭　　　　黄香

我觀人鬚長而復黒冉弱而調離離若緣坡之竹欝欝若春田之苗因風披靡隨風飄飖爾乃附以豐頤表以蛾眉發以素顏呈以姸姿約之以紕綫潤之以芳脂莘莘翼翼靡靡綏綏振之發曜黝若玄珪之垂於是摇鬚一作鬢奮髭則論説唐虞鼓髻動鬣則研覈否臧内育瓌形外闡宫商相如以之閑都顒孫以之堂堂豈若子髯

旣亂且赭枯槁秃瘁劬勞辛苦汗垢流離汚穢泥土傖囁穰擩音而與塵爲侶無素顏可依無豐頤可怙動則困於惣滅靜則窘於囚虜薄命爲髭正著子頤爲身不能庇其四體爲智不能飾其形骸獺鬚瘦面常如死灰曾不如犬羊之毛尾狐狸之毫氂爲子鬚不亦難乎

九惟文　蔡邕

八惟困乏憂心殷殷天之生我星宿值貧六極之厄獨我斯勤居處浮漂無以自（空元）冬日栗栗上下同雲無衣無褐何以自温六月徂暑炎赫

來臻無絺無綌何以蔽身無餉不飽永離懽欣

叙

董仲舒集叙

董仲舒清河廣川人也以治春秋爲博士下帷講誦弟子傳以久次相授業或莫能見其面蓋三年不窺園圃進退容止非禮不行學士皆師尊之漢孝武皇帝即位以賢良對策爲江都相事易王王素驕好勇仲舒以禮義匡正王敬重焉公孫弘希世用事深疾仲舒是時膠西王尤縱恣數害吏二千石弘欲中之乃言於上曰獨

仲舒可使相膠西王膠西王素服其德善待之仲舒恐久獲罪以病免凡相兩國輒事驕王正身率下所居而治及去位歸居終不問産業以脩學著書爲事年老以壽終於家

記

漢樊毅修西嶽廟記 一作碑

山經曰泰華之山削成四方其高五千仞廣十里周禮職方氏華謂之西嶽祭視三公者以其能興雲雨産萬物通精氣有益於人則祀之故帝舜受堯歷數親巡省設五鼎之奠柴燎煙致

敬神祇乂用昭明百穀繁殖黎民時雍鳥獸率舞鳳凰來儀暨夏殷周末之有改也其德休明則有禎祥荒淫隳穢篤災必降秦違其典璧遺鄗池二世以亡高祖應運禮遵陶唐祭則獲福奕世克昌亡新滔逆鬼神不享建武之初彗掃頑凶更率舊章敢用玄牡牲牷必充天惟醇祐萬國以康光和二年有漢元舅五侯之胄謝陽之孫曰樊府君諱毅字仲德承考讓國家于河南究職州郡辟公府除防東長中都令誅強虣撫瘠民二鄙以清命守斯邦威隆秋霜恩踰冬日

景化既宣由復夕惕惟窺祿之報順民之則孟
冬〻十月齋祀西嶽以傳窄狹不足處尊卑廟舍
舊久墻屋傾亞世室不脩春秋作讖特部行事
荀班與縣令先讜以漸補治設中外館圖珍奇
畫恠獸嶽瀆之精所出禎秀役不干時而功已
著蹔勞久逸神永有憑自古太山邸邑猶存五
嶽尊同哀此勤民獨不賴福乃上復十里内工
商農賦充猒帝心嘉瑞仍翕風雨應起（一作卦）瀸
潤品物君舉必書況乃盛德惠及神人可無述
焉於是功曹郭敏主簿魏龔戶曹史許禮等遂

刋玄石銘勒鴻勛垂曜靈軫存有昭識其辭曰
二儀剖判清濁始分陽凝成山陰積爲川泰氣
推否洪波汎臻堯命伯禹決江開汶川靈既定
恩覆兆民乃刋祀典辨于羣神因瀆祭地嶽以
配天世主遵循永享歷年赤銑煌煌受茲介福
京夏密清殊俗賔服令問不違可謂至德德音
孔昭實惟我后出自中興大漢之舅本枝惟百
延慶長久俾守西嶽達奉神祀攺傳飾廟靈則
有攸一無攸字濟降瑞畗祚景風凱悌惟風及雨成
我稷黍穡民用章建乂室宇刋銘記誦克配梁

甫

碑

河間相張平子碑

河間相張君南陽西鄂人諱衡字平子其先出自張老爲晉大夫納規趙武而反其侈書傳美之君天姿叡哲敏而好學如川之逝不舍晝夜是以道德漫流文章雲浮數術窮天地制作侔造化瓌辭麗説奇技偉藝磊落煥炳與神合契然而體性温良聲氣芬芳仁愛篤密與世無傷可謂淑人君子者矣初舉孝廉爲尚書侍郎遷

太史令實掌重黎歷紀之度亦能焞燿敦大天
明地德光照有漢遷公車司馬令侍中遂相河
間政以禮成民是用息遭命不永闇忽罨徂朝
失良臣民隕令君天泯斯道世喪斯文凡百君
子靡不傷焉乃銘斯表以旌厥問其辭曰
於維張君資質懿豐德茂材羙（一作美）高朗顯融焉
所不學亦何不師盈科而逝成章乃達一物不知
實以爲恥聞一善言不勝其喜包羅品類稟授
無形酌焉不竭沖而復盈廩廩其庶亹亹其幾
膺數命世紹聖作師苟華必實令德惟恭柔嘉

伊則孝友祇容允出在茲維帝念功往才女諧
化治民雖悠而不弔降此咎兇悊人其畏罔不
時恫紀于銘勒永終譽兮死而不朽芳烈著兮

曹娥碑　　度尚

弟子邯鄲淳撰

孝女曹娥者上虞曹盱之女也其先與周同祖
末胄荒流（一作沉）爰（一作茲）適居盱能撫節按歌婆
娑樂神以漢安二年五月時迎伍君逆濤而上
爲水所淹不得其尸時娥年十四號慕思盱哀
吟澤畔旬有七日遂自投江死經五日抱父屍
出以漢安迄于元嘉元年青龍在辛卯莫之有

表度尚設祭誄之辭曰欝伊孝女曄曄之姿偏其反而令色孔儀窈窕淑女巧笑倩兮宜其家室在洽之陽大禮未施嗟喪慈父彼蒼伊何無父孰怙訴神告哀赴江永號視死如歸是以眇然輕絶投入沙泥翩翩孝女載沉載浮或泊洲渚（一作嶼）或在中流或趨湍瀨或逐波濤千夫失聲悼痛萬餘觀者填道雲集路衢泣淚掩涕驚動國都是以哀姜哭市杞崩城隅或有尅面引鏡剺耳用刀坐臺待水抱樹而燒於戲孝女德茂此儔何者大國防禮自脩豈況庶賤露屋草

茅不扶自直不鏤（一作斲）自彫越梁過宋比之有殊哀此貞厲（一作獨）千載不渝嗚呼哀哉辭曰名勒金石質之乾坤歲數歷祀立廟起墳光于后土顯昭天人生賤死貴利之義門何悵華落飄零早分葩艷窈窕永世配神若堯二女爲湘夫人時效髣髴以昭後昆　漢議郎蔡邕聞之來觀夜闇以手摸其文而讀之邕題文云黃絹幼婦外孫齏臼二百年後碑冢當墮江中當墮不墮逢王叵（墮一作墜　叵一作匹）

桐柏廟碑　王延壽

延熹六年正月八日乙酉南陽太守中山盧奴
張君處正好禮尊神敬祀以淮出平氏始於大
復潛行地中見於陽口立廟桐柏春秋宗奉灾
異告譴水旱請求位比諸侯聖漢所尊受珪上
帝太常定甲郡守奉祀務潔沈祭從郭君以來
二十餘年不復身到遣行承事簡略不敬明神
弗歆灾害以生五嶽四瀆與天合德仲尼慎祭
常若神在君準則大聖親之桐柏奉見廟祠崎
嶇逼狹開拓神門立闕四達增廣壇場餙治華
蓋高大殿宇䆳齊傳館石獸表道靈龜十四衢

廷弘敞宫廟嵩峻祗慎慶祀一年再至躬進牲牷執玉以沈爲民祈福靈祇報祐天地清和異祥昭格禽獸碩茂草木芬芳黎庶豫祉民用作頌其辭曰泫泫淮源聖禹所導湯湯其逝惟海是造踈穢濟遠柔順其道弱而能强仁而能武聖賢立式明哲所取定爲四瀆與河合矩烈烈明府好古之則虔恭禮祀不愆其德惟前廢弛匪恭匪力灾眚以興陰陽以忒陂彼高岡臻兹廟側肅肅其敬靈祇降福雍雍其和民用悦服穰穰其慶年穀豐植望君輿駕扶老擕息慕君

塵軌奔走忘食懷君惠既思君罔極于胥樂兮
傳於萬億
春侍祠官屬五官掾章陵劉訢功曹史
安衆劉瑀主簿蔡陽樂茂戶曹史宛任
巽秋五官掾新野梁懿功曹史酈周謙
主簿安衆鄧嶷主記史宛趙旻戶曹史
宛謝綜

九疑山碑 集中有目而亡其篇 蔡邕

巖巖九疑峻極于天觸石膚合興播建雲時風
嘉雨浸潤下民芒芒南土實賴厥勛逮于虞舜

聖德光明克諧頑傲以孝蒸蒸師錫帝世堯而
授徵受終文祖琁璣是承太階以平人以有終
遂葬九疑解體而升登此崔嵬託靈神僊

古文苑卷第八

古文苑卷第九

碑

漢故中常侍騎都尉樊君之碑　子遷

君諱安字子佑南陽湖陽人也厥祖曰仲山父翼佐周宣出納王命爲之喉舌以致中興食菜于樊子孫氏焉奕世載德守業不愆在漢中葉篤生哲媛作合南頓實產世祖征討逆畔復漢郊廟而樊氏以帝元舅顯受茅土封寵五國壽張侯以功德加位特進其次並以高聲處鄉校侍中尚書掾州典郡不可勝載爲天下著姓君

幼以好學治韓詩論語孝經兼典記傳古今異
義甘貧樂約意不回貳天姿淑慎稟性有直秉
操不移不以覬貴世政促峻邑宰寡識慢賢役
德被以勞事然後慷慨宦于王室歷中黄門冗
從儀史拜小黄門小黄門右史遷藏府令中常
侍其事上也貞固密慎矜矜戰戰作主股肱助
國視聽外職不誣内言不泄爲近臣楷模是以
兄弟並盛雙據二郡宗親賴榮年五十有六以
永壽四年二月甲辰卒朝思其忠追拜騎都尉
寵以印綬策書褒歎賻贈有加嗣子遷寔以幼

弱夙叙王爵而喪所天禮備復位以 延熹三年
冬十有一月自上蒸祭乃尋惟烈考恭脩之懿
勳之碑石俾不失墜其辭曰
肅肅我君帝躬是翼王事多難我君是力秉此
小心以亮皇職惟帝念功庸以輿服大命傾賫
魂神遷伏龜圖艾追贈用光其德藹藹遺稱作呈
作式勤銘茲石垂示罔極勳名不刻永昭千億
制詔中常侍樊安宿衛歷年恭恪淑慎嬰被疾
病不幸蚤終今使湖陽邑長劉操追號安爲騎
都尉贈印綬魂而有靈嘉其寵榮嗚呼哀哉延

熹元年八月二十四日丁酉下

漢金城太守殷君碑　酈炎 一作衛覬

君諱華字叔時上郡定陽人大匠君之子也其先出自有殷因國定氏不改其號聖哲玄流至君而懿幼應瓊蘭之美長有沖邈之志敦詩閱禮韛韣竹賁誕循前業守以恪恭仕歷州郡忠愕有分其大操也耽耽虎視龍變不羈故能雄傑於并城聲班於上京察何孝廉貢除郎中左馮翊丞協宣文物公事知州舉茂才宛丘令崇行寬猛示之禮禁褒延庠校政以惠和三載陟

隕邪臨金城郡郭羌虜避難遷移役兼民匱室
如懸罄乃敷權略獎厲威信玁狁率服不敢窺
踰兵戢而時動因省徽以習義興利弭患順其
所樂開通狹道造作傳館吏士咸悦不勞而勸
是以搢紳之徒譚講雅誦釋軍旅之犀華陳組
豆於泮宮其艾檐軨旌顯才良洛量三壽賞刑
不僭邦埸寧静歲時豊登耆叟擊壤童齓謳
謨功暮（一作朞）烜列當升寵祚昊不耆德景命失
靈以光和元年九月乙酉卒官生有嘉休終則鼎
銘於是故使邊笠江英韓遂等追送遐丘刊石

勤勛其辭曰

於惟明后懷德握醇昆台之耀秀出不群文昭有毅武列能仁含舒憲墨以育生民垂紀東壤西國著勛身沒名流載世常存古之遺老非此孰云于尔臣恩續（一作纘）其臭芬

西嶽華山亭碑　衛覬

惟光和元年歲在戊子名曰咸池季冬己巳弘農太守河南樊府君諱毅字仲德下車之初恭肅神祀西岳至尊詔書奉記躬親自往省從勞謙即事有漸散齋華亭齋堂逼窄郡縣官屬清

一作濤齊無處尊卑錯綜精誠不固畏天之威逢
斯瘴怒時雨不興甘澍不布念存黔首懼闔曠
素於是與令巴郡朐忍先讜公謀圖議繕故斷
度捐廊立室異處左右趣之莫不競慕二年正
月己卯興就既成有元休嘉啓寤各得竭情一作
誠福祿是顧刻茲碑號吏卒俠路其辭曰
巖巖西岳五鎮次宗緒德之尊太華優隆皇帝
永思祀典孔明高神肯宴圭璧贄通赫赫在上
以畜萬邦惟岳降神寔生群公卿士百辟纘業
攸蒙帝命不違歲事報功群后命卿散齊外亭

恭敬明祀以奉皇靈處所逼窄屑窣有聲神樂其靜翛翬旡形尊卑有序潔心致誠因繕舊室登頓端平在其板屋孰不加精天人同道萬祚來[一作是]迎既受帝祉延于後生爲龍爲光顯乂王庭爲公爲侯福祿來成刻石紀號永享利貞

府丞渤海劉固叔長功曹史楊儒曼先主簿湖陽馗伯馮供曹掾楊基伯載史陜許禮文化縣丞隴西彭和伯怡左尉隴西甄璆叔曼監典者門下掾駱瑒伯先主記史栢覽文進戶曹掾魏嘗威長史田磐文祖將作掾曹鑒孔明任兢幼

成史吳武丙昌

西嶽華山堂闕碑銘　張昶

易曰天地定位山澤通氣然山莫尊於嶽澤莫盛於瀆山嶽有五而華處其一瀆有四而河在其數其靈也至矣聖人廢興必有其應故岱山石立中宗繼統太華授璧秦胡絶緒白魚入舟姬武建業寶珪出水子朝喪位布五方則處其西列三條則居其中若廣袤（一作袟）奇蟲山經有紀矣是以帝王巡狩親五岳而告至覲方后而考禮故經有望秩之禋典有生殖之祀蓋所以

崇山川而報功也四海一統天子秉其禮諸侯
力政彊國攝其祭奉其邑曰華陰也久矣乃紀
於禹貢而分秦晉之境奉鄜晉之西則曰陰晉
邊秦之東則曰寧秦邑旣遷徙禮亦如之三國
力爭以奉以祭其城險固基趾猶存故老之言
未殞於民也逮至大漢受命克亂不愆不忘舊
名是復率禮不越故祀是尊歷葉增脩虔恭又
備一禱三祀終歲而四以迄于今而世宗又經
集靈之宮於其下想喬松之疇是遊是憩郡國
方士自遠而至者充巖塞崖鄉邑巫覡宗祀乎

宗祀一作崇祝其中者盈谷溢谿咸有浮飄之志愉悅之色必雲霄之路可升而越果繁昌之福可降而致也故殖財之寶黄玉自出令德之珍卿相是毓匪惟嵩高降生申甫此亦有焉天有所興必先廢之故愍宗周宣以衰致盛是時也王業中缺大化陵遲郡縣既毁財匱禮乏庭廟傾壞壇場蕪穢祭祀之禮頗有缺焉於是鎮遠將軍領北地太守閭鄉亭侯段君諱煨字忠明自武威占此土憑託河華二靈是與故能以昭烈之德享上將之尊銜命持重屯斯寄國討叛柔服

威懷是示群兇既除郡縣集寧家給人足户有
樂生之歡朝釋西顧之慮而懷關中之恃雖昔
蕭相輔佐之功功冠群后弗以加也遂解甲休
士陣而不戰以逸其力脩飾享廟壇場之位荒
而復辟禮廢而復興又造祠堂表以参闕建神
路之端首觀壯麗乎孔徹然后祈請既有常處
雖雨霑衣而禮不廢於是邑之士女咸曰宜之
乃建碑刊石垂示後裔其辭曰
於穆堂闕堂闕昭明經之營之不日而成匪奢
匪儉惟德是程匪豐匪約惟禮是榮虔恭禋祀

黍稷芬馨神具醉止降福穰穰

後漢鴻臚陳君碑　邯鄲淳

君諱紀字元方太丘君之元子也始祖有虞受禪陶唐亦以命禹其後嬀滿當周武王時祚（一作胙）土于陳君其世也君生應乾坤之純質受嵩岳之粹精內包九德外兼百行淵深淪於不測膽智應於無方弘裕足以容衆矜嚴足以正世然後研機道（元空）涉覽文學凡前言往行竹帛所載靡不坐該其善也亹亹焉其誘人也是以令問廣譽塞于天淵儀形嘉誨範乎人倫存乎本傳

故略舉其著於人事者焉顯考以茂行崇冠先
儔季弟亦以英才知名當世孝靈之初並遭黨
錮俱處于家號曰三君故得奉常供養以循子
道親執饋食朝夕竭歡及太丘君疾病終亡喪
過乎哀崩傷嘔血如此者數焉服禮既除戚容
彌甚聞名心瞿言及隕涕雖大舜之終慕曾參
之自盡無以踰也豫州刺史嘉懿至德命勑百
城圖畫形像于今遺稱越在民口既處隱約潛
躬味道足不踰閾乃覃思著書三十餘萬言言
不務華事不虛設其所交釋合贊規聖哲而後

建旨明歸焉今所謂陳子者也初平之元禁罔
蠲除四府並辟弓旌交至雖崇其禮命莫敢屈
用大將軍何進表選明儒君爲舉首公車特徵
起家拜五官中郎將到遷侍中旬有八日出相
平原會孝靈晏駕賊臣秉政肆其兇虐剥亂宇
内州郡愊裂戎輿並戒君冒犯鋒矢勤恤民隱
馴之以禮教示之以知耻視事未朞士女向方
會刺史敗於黄巾幽冀二州争利其土君料敵
知難不忍其民爲已致死乃辭而去之於是老
弱隨慕扳轅持轂輪不得轉遂晨夜間行寓於

邳郯之野袁術恣睢僭號江淮圖覆社稷結婚
呂布斯事成重必不測救君諗布不從遂與成
婚送女在塗君爲國深憂乃奮策出奇以奪其
心卒使絶好追女而還離遂姦謀使不得成國
用乂安君之力也惟帝念功命作尚書令會車
駕幸許拜大鴻臚實掌九儀四門穆穆遂登補
袞闕以熙帝載不幸寢疾年七十有一建安四
年六月卒惜乎懷道遘處否登庸日寡實使大業
不究元勳靡建茲海内所爲嗟悼凡百所以失
望也天子愍焉使者弔祭群卿以下臨喪會葬

有子曰羣追惟蓼莪罔極之思乃與邦彥碩老
洽所以計功稱伐銘贊之義遂樹斯石用監于
後其辭曰
於穆上德時惟我君固天縱之（一作大）天鍾厥純
命世作則實紹斯文遭險龍潛抗志浮雲所貴
在已樂存事親雖處畎畝天子屢聞乃階郎將
陪帝作鄰平原寇深遂辭其民思齊古公邠土
是因不忘諗國惠我無垠復命喉舌秉國之均
爰登卿士媚茲一人如何穹蒼不授遐年尠厥
在位每懷不申股肱或虧朝誰與詢煢煢小子

號泣于旻勤銘表德久而彌新

誄

元后誄　揚雄

新室文母太后崩天下哀痛號哭涕泗思慕功德咸上柩誄之銘曰（一無柩字）

惟我有新室文母聖明皇太后姓出黃帝西陵昌意實生高陽純德虞帝孝聞四方登陟帝位禪受伊唐爰初胙土陳田至王營相厥宇度河濟旁沙麓之靈太陰之精天生聖姿豫有祥禎作合于漢配元生成孝順皇姑承家尚莊（一作聖敬）

（齊莊）內則純被（一作備）後烈丕光肇初配元天命是將兆徵顯見新都黃龍漢成既終胤嗣匪生哀帝承祚惟離典經尚是言異大命俄顛厥年夭隕大終不盈文母覽之千載不傾博選大智新都宰衡明聖作佐與圖國艱以度厄運徵立中山庶其可濟博采淑女備其姪娣覲（一作親）禮高禖祈廟嗣繼靡格匪天靡動匪地穆穆明明昭事上帝弘漢祖考夙夜匪懈興滅繼絕博立侯王親睦庶族昭穆序明帝致支屬靡有遺荒咸被祚慶冀以金火赤仍有央勉進大聖上下兼

該群祥衆瑞正我黄來火德將滅惟后于斯天

之所壞人不敢支衰平夭折百姓分離祖宗之

愆終其不全天命有託讁在于前屬遭不造榮一作筞

極而遷皇天眷命黄虞之孫歷世運移屬在聖

新代于漢劉受祚于天漢祖受命赤傳于黄攝

帝受禪立爲真皇允受一作執厥中以安黎衆漢

廟黜廢移定安公皇皇靈祖惟若孔臧降兹珪

璧命服有常爲新帝母鴻德不忘欽德伊何奉

命是行菲薄服食神祇是崇尊不匱統惟祇惟

庸一作惟垣惟墉隆循一作脩人歆先民是從承天祗家允恭

虔恪豐阜庶卉旅力不射恤民于留不皇詭作
別計千邑國之是度還奉于此以處貧薄罷苑
置縣築里作宅以處貧窮哀此嫠獨起常盈倉
五十萬斛爲諸生儲以勸好學志在黎元是勞
是勤春巡灞滻秋臻黃山夏撫鄠杜冬卹涇樊
大射饗飲飛羽之門綏宥耆幼不拘婦人刑女
歸家以育貞信玄冥季冬搜狩上蘭寅賓出日
東秩暘谷鳴鳩拂羽戴勝降桑蠶于繭館躬筐
執曲帥導群妾咸循蚕蔟分繭理絲女工是勑
遐邇蒙祉中外禔福自京逮海靡不仰德成類

存生秉天地經無物不理無人不寧尊號文毋與新有成世奉長壽靡墮有頌著德太常注諸旒旌鳴呼哀哉以昭鴻名享國六十殂落而崩四海傷懷擗踊拊心若喪考妣遏密八音鳴呼哀哉萬方不勝德被海表彌流魂精去此昭昭就彼冥冥忽兮不見超兮西征既作下宮不復故庭爰緘伊銘鳴呼哀哉

北海王誄　傅毅

誄曰永平七年北海靜王薨於是境內市不交易塗無征旅農不修畝室無女工感傷慘怛着

喪厥親俯哭后土仰愬皇旻於惟群英列俊靜
思勤銘惟王勛德是昭是明存隆其實光曜其
聲終始之際於斯爲榮乃作誄曰
覽視昔初若論往代有國有家篇籍攸載貴尠
不驕滿罔不溢莫能履道聲色以卒惟王建國
作此藩弼撫綏方域承翼京室對揚休嘉光昭
其則温恭朝夕躬循伊德

曹蒼舒誄　魏文帝

惟建安十有五年五月甲戌童子曹蒼舒卒嗚
呼哀哉乃作誄曰

於惟升（元空）懿矣純良誕豐令質荷天之光既哲
且仁爰柔克剛彼德之容茲義肇行猗歟（元空）
終然允臧宜逢介祉以永無疆如何昊天雕斯
俊英嗚呼哀哉惟人之生忽若朝露役役百年
亹亹行暮矧尔夙夭十三而卒何辜于天昊命
不遂（元空）兼悲增傷侘傺失氣永思長懷哀爾
罔極貽尔良妃襚爾嘉服越以乙酉宅彼城隅
增丘峩峩寢廟渠渠姻媾雲會充路盈衢悠悠
群司岌岌其車傾都蕩邑爰迄爾居魂而有靈
庶可以娱嗚呼哀哉

古文苑卷第九

世傳孫巨源於佛寺經龕中得唐人所藏古
文章一編莫知誰氏録也皆史傳所不載文
選所未取而間見於諸集及樂府好事者因
以古文苑目之今次爲九卷可類觀然石鼓
之詩退之則以爲孔子未見不知所删者定
何詩且何自知其爲宣王也左氏載椒舉之
言蒐于岐陽則成王爾秦世諸刻子長不盡

著抑亦有去取耶漢初未有五言而歌與樂章先有七言蘇李之作果出於二子乎以此編數首推之意後代詩人命題以賦者若韋孟尚四言至酈炎乃五言也夫文章遠矣唐虞之盛賡歌始聞魏晉以還制作逾靡學者思欲近古於是其有考焉惟訛舛謬缺者多不敢是正而補之蓋傳疑也淳熙六年六月潁川韓元吉記

圖書在版編目（CIP）數據

古文苑 /（清）顧廣圻校勘 .— 福州：福建人民出版社，2020.6（2025.8重印）

（顧校叢刊）

ISBN 978-7-211-08109-7

Ⅰ.①古…　Ⅱ.①顧…　Ⅲ.①中國文學—古典文學—作品綜合集　Ⅳ.①I212.01

中國版本圖書館 CIP 數據核字（2018）第 298144 號

封面題籤：陳祥耀

古文苑（顧校叢刊）

校　　勘：（清）顧廣圻
叢書策劃：宋一明　林振岳　王　亮
責任編輯：宋一明　趙遠方
美術編輯：白　玫
出版發行：福建人民出版社　　**電　　話：**0591-87533169（發行部）
網　　址：http://www.fjpph.com　　**電子郵箱：**fjpph7211@126.com
地　　址：福州市東水路 76 號　　**郵政編碼：**350001
經　　銷：福建新華發行（集團）有限責任公司
印　　刷：恒美印務（廣州）有限公司
地　　址：廣州市南沙區環市大道南路 334 號
印　　張：11
開　　本：890 mm×1240 mm　1/32
版　　次：2020 年 6 月第 1 版　　2025 年 8 月第 3 次印刷
書　　號：ISBN 978-7-211-08109-7
定　　價：80.00 元